AF220260

EWIGER FRIEDEN WIRD KOMMEN, SOWIESO.

Weisheiten & Hypothesen
Oliver Haag

MEIN FREUND JACK

Der Weg mit meinem Meister

Oliver Haag

Bibliografische Informationen der Deutschen Nationalbibliothek:
Die Deutsche Nationalbibliothek verzeichnet diese Publikation in der
Deutschen Nationalbibliografie; detaillierte bibliografische Daten sind
im Internet über http://dnb.dnb.de abrufbar.

Herstellung und Verlag

BoD – Books on Demand, Norderstedt

ISBN: 978-3-7543-2199-7

GLAUBE KANN
ENERGIE
IN BEWEGUNG
SETZEN,
DANN KANN
DIE MACHT
DER
WAHRHAFTIGKEIT
ENTSTEHEN.

Weisheiten & Hypothesen
Oliver Haag

MEIN FREUND JACK
Der Weg mit meinem Meister

Das vorliegende Buch ist keine Autobiographie, dennoch enthält der Roman viele real erlebte Momente und Erfahrungen, die ich in meinem Leben machen durfte und wahrscheinlich auch machen musste. Vieles verstand ich erst später, welchen Sinn es gehabt hat und was mich dazu geführt hat. Es ist durchaus möglich, dass sich einige Charaktere, die Teil dieses Buches geworden sind, sich in Teilen wiederfinden.

Qi Gong ist immer auch eine Reise zu sich selbst, dass habe ich persönlich an mir erfahren und konnte das auch an anderen beobachten, die diese Reise ebenfalls angetreten haben. Für jeden ist diese Reise aber immer individuell, denn es ist ja seine persönliche Reise.

*Die Reise des Lebens ist kein Kampf, entscheide Dich.
Nimm es an und mache Deine Erfahrungen!*

Auf meiner persönlichen Reise durfte ich die vielen Arten der Energiearbeit kennenlernen und feststellen, so verschieden sie auch sein mögen, der Ursprung von allen ist der SELBE.

Die Wege zur wahren (Selbst-) Meisterschaft sind immer individuell und lassen sich nicht durch den Verstand erzwingen, es geht nur über das Eintauchen in die übergeordnete Ebene, die uns mit allem und der alles durchdringenden Energie verbindet. Alle Macht und alle

Informationen sind auf dieser Ebene vorhanden und stehen für alle und jeden, jederzeit zur Verfügung. Mögen viele sich in ihrem Leben mit dieser Ebene verbinden und ihr Wissen mit anderen teilen.

Während der Arbeit an diesem Buch habe ich regelmäßig und intuitiv einfache Weisheiten und Hypothesen erhalten. Ob das die sogenannten Küsse einer Muse waren, von der übergeordneten Informationsebene, oder einfach nur zufällig meinem eigenen Geist entsprungen sind... Wer weiß das schon, aber mein Gefühl sagt mir, dass diese Weisheiten und Hypothesen hinaus in die Welt gebracht werden sollen. Auch wenn diese nicht unmittelbar zu dem Inhalt dieses Romans passen, habe ich trotzdem entschieden diese Weisheiten und Hypothesen einzeln und für sich allein in dieses Buch einzufügen.

Die Zeit der mystischen Geheimnisse ist vorbei, die Macht in Dir ist für alle abrufbar, Du musst sie nur aktivieren...

Wir sind alle nur Besucher auf dieser Welt und zu dieser Zeit.
Unsere Seelen sind nur auf der Durchreise.
Unsere Aufgabe hier ist es zu beobachten, zu lernen, zu wachsen,
zu lieben und dann wieder nach Hause zu gehen.
Weisheit der Aborigines

Einige Textabschnitte unterstützen die Handlung des Buches durch meine eigenen Interpretationen von allgemein gültigen Erkenntnissen aus Theorie und Praxis. Die Leser*innen sollten dennoch den Wahrheitsgehalt stets selbst überprüfen!

DAS LEBEN IST EIN SO GUTER LEHRER, WENN AUCH MANCHMAL SEHR STRENG UND FORDERND.

Weisheiten & Hypothesen
Oliver Haag

Prolog

Der Zeitpunkt an dem alles begann liegt lange zurück in meiner Kindheit. Ich war ein ruhiger schüchterner Junge, hellblond und einer der kleinsten in meinem Jahrgang. Ich war zwar kein Feigling, aber eher ängstlich und vorsichtig. Im Gegensatz zu meinen Kameraden war ich keine Sportskanone, obwohl ich Sport und Bewegung liebte, aber vielleicht fehlte mir ja auch das Talent. Mit meinem Willen konnte ich viel ausgleichen und irgendwie konnte ich dann zumindest einigermaßen beim Sport mithalten. Was die reine Kopfarbeit anging, war ich den meisten meiner Kameraden in der Schule überlegen, ich habe das aber nie ihnen gegenüber herausgestellt. Schon als Kind hatte ich einen ausgeprägten Sinn für Fairness und Ehrlichkeit. Ich hasste es wenn andere schlecht behandelt wurden und ich machte auch bei Hänseleien, wie sie Kinder in diesem Alter manchmal machen, nicht mit. Glücklicherweise machte mich das aber nicht zum Außenseiter, nein ich wurde dennoch als Freund und Mitschüler geschätzt, so war zumindest mein Gefühl.

An unserem Haus hatten wir einen schönen großen Garten in dem ich viel Zeit verbrachte. Ich spielte, sofern es das Wetter zu ließ, mit meinen Freunden und mit unserem Hund auf dem Rasen und den betonierten Gehwegen. Meine Eltern mussten mich nicht auffordern nach draußen zu gehen, nein mich trieb es schon immer hinaus in die Natur. Schon relativ früh, ich denke ich war ungefähr sechs Jahre alt, hatte ich ein, für mich damals merkwürdiges Erlebnis. In unserem Garten standen verschiedene Bäume, Obstbäume, Laub- und Nadelbäume. Ein großer Apfelbaum war auch dabei, dieser diente oft als ein Torpfosten beim Fußballspielen. An einem Spätsommertag, ich war gerade alleine mit unserem Hund im Garten, fasste ich den Stamm des Apfelbaumes an und ich spürte wie es in meinen Fingern zu kribbeln begann. Schnell zog ich die Hände verwundert wieder zurück. Was war das denn, fragte ich mich, den Baum hasst Du doch schon oft angefasst, aber ein solches Gefühl in den Händen hattest Du doch noch nie gespürt. Ein kleines bisschen Angst kam schon auf, aber meine Neugier und mein Forschergeist waren stärker, ich fasste den Stamm wieder an. Und wieder stellte sich das kribbelnde Gefühl in meinen Händen ein. Ich wiederholte das ganze dann noch mehrfach hintereinander und immer wieder dieses angenehme kribbeln in den Händen. Es war ein neues Gefühl, aber es fühlte sich gut an. Ich beschloss mein Geheimnis für mich zu behalten, gleich am nächsten Tag nach der Schule rannte ich im Garten zu dem Baum, um zu sehen ob wieder das gleiche passiert. Den ganzen Vormittag in der Schule hatte ich schon daran gedacht und hoffte das ich das wieder mit meinen Händen an dem Stamm des großen Apfelbaums spüren könnte. Ja, es passierte wieder und das machte mich glücklich. Am Anfang machte ich das Handauflegen nur an dem Apfelbaum, da ich dachte dieser wäre vielleicht so etwas wie ein Zauberbaum. Doch irgendwann, wieder angetrieben von meinem Forschergeist, probierte ich das Handauflegen auch an anderen Bäumen in unserem Garten. Bei allen Bäumen konnte ich mehr oder weniger das Gleiche

9

spüren, manchmal stärker, manchmal schwächer. Und das erstaunlichste damals für mich war, dass es auch mit Bäumen funktionierte, die nicht in unserem Garten standen.

Mit dem Älterwerden verlor ich das Interesse an dem Handauflegen, was ich immer als Geheimnis gehütet hatte, und irgendwann schien diese Fähigkeit auch für immer verloren, wobei mich das auch nicht wirklich störte. Wahrscheinlich war das so, weil ich es eigentlich nie verstand wieso ich das fühlen konnte und welchen Nutzen es für mich haben könnte. Viele Jahre mussten erst noch vergehen bis ich es verstand.

SOLL ETWAS WACHSEN, DANN GIB IHM DIE NÖTIGE AUFMERKSAMKEIT! SCHONMAL PROBIERT? LASS DICH ÜBERRASCHEN...

Weisheiten & Hypothesen
Oliver Haag

Begegnung

Mein Leben lag wie ein großer hässlicher Scherbenhaufen vor mir. Die letzten Jahre hatte ich nur für meinen Job gelebt, achtzig Stunden pro Woche, für Frau und Kinder blieb da kaum Zeit und wenn dann war ich viel zu erschöpft um wirklich am Familienleben teilnehmen zu können. Der Antrieb hinter diesem zerstörerischen Verhalten war schon die Familie gut zu versorgen, aber der Preis dafür war viel zu hoch. Leider merkte ich nicht in welchen Strudel ich geraten war und wo mich das hinführen würde. Die Vorboten, dass ich meine Gesundheit ruiniere habe ich ignoriert, bloß keine Schwäche zeigen. Die anfänglichen Schlafstörungen entwickelten sich soweit, dass ich überhaupt nicht mehr zur Ruhe kam und gar nicht mehr schlafen konnte. Der Magen spielte auch verrückt und normales Essen war auch kaum mehr möglich. Da Arbeitgebern nur leistungsfähige Mitarbeiter gefallen, war dann als Folge auch schnell meine Arbeitslosigkeit besiegelt. Zu guter Letzt trennte sich dann auch noch meine Frau von mir und das zerbrach mich dann völlig. Darüber wurde ich depressiv und verlor meinen Lebensmut. Zu meinem Glück suchte ich auf anraten meines Hausarztes Hilfe bei einer Psychologin. Margit Wilhelm hatte eine eigene Praxis in meiner kleinen Heimatstadt im Taunus. Sie war eine schöne und lebenslustige Frau die ein sehr gutes Gespür für Menschen hatte und das sehr gut zum Vorteil ihrer Patienten nutzen konnte. Schon nach unserer ersten Sitzung war mir klar, dass ich bei ihr gut aufgehoben wäre. Ich besuchte sie regelmäßig zu

Einzeltherapiestunden und nahm auch regelmäßig am Treffen der Psychodrama Gruppe teil. In den ersten Monaten galt es für mich aufzuarbeiten wie und warum ich meinen Scherbenhaufen produziert hatte und vor allem wie ich damit umgehen kann und wieder ins Leben finde. Glücklicherweise griffen diese Maßnahmen und ich konnte zumindest wieder Lebensmut und eine Art von Zuversicht entwickeln. Meine Hoffnungen, meine Frau zurück zu gewinnen erfüllten sich leider nicht, was mir sehr zu schaffen machte und meine Genesung anfangs auch nicht gerade förderte. Das auch das einen Sinn haben sollte, konnte ich allerdings damals noch nicht erahnen. Meine Kinder konnte ich täglich sehen und so war das zumindest okay für mich, zumal beide auch sehr unter der Trennung litten. Lea und Tom waren beide Wunschkinder und die beiden Geburten, bei denen ich anwesend war, waren die schönsten Momente in meinem Leben. Schön im Sinne von besonders, mit nichts anderem vergleichbar. Ich bin sehr dankbar, dass ich diese Momente in meinem Leben hatte.

Nach ein paar Monaten der Therapiearbeit empfahl mir Margit, um meine psychosomatischen Beschwerden zu lindern und zu bearbeiten, die Teilnahme an einem Qi Gong Kurs der einmal in der Woche an einem Donnerstag bei ihr in der Praxis stattfand. Komischerweise hatte Qi Gong mein Interesse immer wieder mal geweckt, wenn ich im Fernsehen in irgendwelchen Sendungen darauf gestoßen bin. Die Neugier und mein Forschergeist willigten in den Vorschlag ein und Margit vereinbarte eine Schnupperstunde bei dem Qi Gong Meister. Zu diesem

Zeitpunkt wusste ich noch nicht welche Erfahrungen und zum Teil unglaublichen Erlebnisse auf mich warten würden.

AN DEN UNMITTELBAREN KONSEQUENZEN KANN MAN OFT NICHT ERKENNEN, OB EINE ENTSCHEIDUNG RICHTIG ODER FALSCH WAR. ERST DIE ZUKUNFT UND DIE ENTWICKLUNG IM FLUSS DES LEBENS ZEIGEN DIR DIE KONSEQUENZEN FÜR DICH IN DEINEM LEBENSMOSAIK.

Weisheiten & Hypothesen
Oliver Haag

An dem vereinbarten Donnerstag betrat ich abends um kurz vor 19.00 Uhr die Praxis, die Tür war angelehnt, so musste nicht jeder einzelne Teilnehmer klingeln um hereingelassen zu werden. Ich öffnete die Tür zum

Gruppenraum und begrüßte die schon Anwesenden mit einem „Hallo". Es war eine gemischte Gruppe aus Frauen und Männern zwischen dreißig und fünfundsechzig Jahren, auch ich wurde begrüßt. Ein etwa vierzigjähriger, dunkelhaariger Mann mit stahlblauen Augen kam auf mich zu, drückte mir die Hand und stellte sich als Jack Nesbro vor und das er das Qi Gong Training leitet. Der Händedruck von ihm erinnerte mich schlagartig an ein Gefühl, dass ich aus meiner Kindheit hatte. Es war wieder diese Kribbeln, dass ich damals beim Handauflegen bei den Bäumen hatte. Der Händedruck dauerte etwas länger als gewöhnlich, auch seine Augen sagten mir das er überrascht war. Nach einer kurzen Einführungsrunde begann Jack mit dem Training. Ich versuchte, so gut wie möglich die mir unbekannten Übungen mitzumachen und mich ganz darauf einzulassen. Jack sagte, dass er kein Anhänger von eingleisiger Stiltreue wäre und Elemente aus vielen verschiedenen Qi Gong Stilen in seinem Training vereint. Da ich aus Recherchen wusste, dass Qi Gong üblicherweise sehr traditionell und stiltreu gelehrt wird, weckte auch das zusätzlich mein Interesse. Nach Ende der Trainingsstunde bat mich Jack, ob er kurz mit mir unter vier Augen sprechen könnte. Natürlich willigte ich ein und er sprach mich auf unseren Händedruck an und das er glaubt endlich seinen Schüler gefunden zu haben. Ich sagte ihm, dass er doch schon Schüler hätte und fragte was er damit meinte seinen Schüler gefunden zu haben. „Du hast eine besondere Gabe, wir müssen sie nur wecken. Ich habe lange auf Dich gewartet und ich würde Dich gerne ausbilden!" Ich starrte ihn daraufhin perplex an und war sprachlos. „Es wird Dich und Dein Leben verändern, Du bekommst einen reichen Schatz. Überlege es Dir, aber ich weiß das Du wiederkommst!". Danach verabschiedete er sich von mir indem er mit seiner rechten Faust sanft auf der Höhe seiner linke Brust schlug und sich dann leicht verbeugte. Gleich am nächsten Tag hatte ich einen Termin bei Margit und ich erzählte ihr von meinem Erlebnis mit Jack. „Das wundert mich nicht, irgendwie habe ich so was geahnt", sagte sie lächelnd. „Na dann", war meine kurze Antwort, aber etwas anderes fiel mir im Moment dazu auch nicht ein. „Was weißt Du von ihm, wo kommt er her, was macht er?, aufgeregt und wissbegierig wollte ich das von Margit wissen.

„Jack ist eigentlich Norweger, sein Vater Norweger und seine Mutter Chinesin. Er ist einundsechzig Jahre alt und lebt seit einem halben Jahr hier in einem Haus im Wald unterhalb des Feldberges". „Einundsechzig?, ich hatte ihn auf höchstens vierzig geschätzt", kam es überrascht aus mir heraus. „Ja, alle schätzen ihn jünger ein, mir ging es genauso", gab mir Margit als Antwort. Im weiteren Gespräch erzählte mir Margit in Stichpunkten von Jack.

„In China geboren und aufgewachsen in Norwegen am Sognefjord. Mit vierzehn ging er ins Shaolin Kloster am Berg Song Shan in der Provinz Henan im Herzen von China.

Ab seinem dreißigsten Lebensjahr war er als Qi Gong Meister und TCM Arzt in vielen renommierten Kliniken in Asien und Europa tätig. Mit zweiundfünfzig lernte er seine jetzige Frau Betina kennen, eine deutsche Ärztin und sie wohnten bis vor einem halben Jahr in München. Sie haben zwei gemeinsame Kinder und ein Adoptivkind".

„Warum er jetzt im Taunus lebt, weiß ich nicht ganz genau, aber das wirst Du bestimmt noch erfahren", sagte Margit abschließend und wieder mit diesem verschmitzten lächeln, so kam es mir jedenfalls vor.

Nach meiner Therapiestunde ging ich in meine Einzimmerwohnung, die ich nach der Trennung von meiner Frau bewohnte und machte ein paar der erlernten Qi Gong Übungen.

SCHWARZ ODER WEISS, DIE BUNTEN WAHRHEITEN LIEGEN OFT DAZWISCHEN.

Weisheiten & Hypothesen
Oliver Haag

Modernes Qi Gong

Natürlich nahm ich das Angebot von Jack an sein Schüler zu werden. Meine Neugier und mein Forschergeist waren viel zu groß, um dieses Angebot ablehnen zu können. Ich erhoffte mir auch eine weitere

Verbesserung meiner psychosomatischen Beschwerden, da ich wusste das Qi Gong auch positive Wirkungen auf die Gesundheit haben sollte. Also ging ich an dem darauffolgenden Donnerstag wieder zur Qi Gong Gruppe. Modernes Qi Gong, dieser Begriff trifft wohl am besten als Bezeichnung für Jacks Training zu. Es vereinte Elemente aus vielen verschiedenen Qi Gong Stilen und Jack stellte auch immer wieder die Verbindung zu neuesten wissenschaftlichen Erkenntnissen und der natürlichen Anatomie des Menschen her. Was musste dieser Mann schon alles erlebt und erfahren haben, um dieses Wissen erlangt zu haben. Dafür beneidete ich ihn und hoffte einiges von ihm zu erlernen. Sicher würde eine Ausbildung bei ihm sehr bereichernd für mich und sicher würden bestimmt auch einige Erlebnisse mit ihm interessant werden, dass zumindest erhoffte ich mir. Das allerdings viele Erlebnisse so interessant und unglaublich werden würden, dass hätte ich mir zu diesem Zeitpunkt in meinen kühnsten Träumen nicht vorstellen können.

Jack sagte mir, dass ich zunächst für sechs Monate einmal in der Woche zu der Qi Gong Gruppe kommen sollte, bevor er dann mit meiner Ausbildung als sein Schüler beginnen würde. Ich folgte seiner Anweisung und war jeden Donnerstag zum Training in dem Qi Gong Kurs. Zusätzlich trainierte ich an den anderen Tagen der Woche alleine in meiner Einzimmerbude, dazu musste mich Jack gar nicht auffordern, mein Interesse war schon seit der ersten Stunde geweckt und ich entwickelte schnell eine Leidenschaft für Qi Gong und den Erfahrungen, die ich täglich damit machen durfte.

In den ersten Monaten, hatte ich speziell in den Fußsohlen oft Schmerzen. Teilweise fühlte es sich an, als würde ich auf spitzen Nägeln stehen, oder eher als würden diese spitzen Nägel von innen aus meinen Fußsohlen heraustreten. Jack sagte mir, dass wäre ein gutes Zeichen, ich solle auf jeden Fall weitermachen. Na ja, ein bisschen skeptisch war ich anfangs schon, aber irgendwie spürte ich auch das etwas in mir bewegt wurde und das diese Empfindungen wohl notwendig wären. Besonders stark waren diese Empfindungen in den Fußsohlen bei den Übungen aus dem *Zhan Zhuang (sprich:"Dscham Dschong)* Stil, was sinngemäß soviel wie *Stehen wie ein Baum (Pfahl)* bedeutet.

Es ist ein sehr effektiver Qi Gong (andere Schreibweise:"Chi Kung") Stil mit einer sehr langen Tradition. Er gilt als älteste und ursprünglichste Form des Qi Gong. Zhan Zhuang, das fast ganz auf Bewegungen verzichtet, ist ein einzigartiges Übungssystem. Es konzentriert sich auf die körperlichen Vorgänge, die es mit ausgeklügelten Körperhaltungen beeinflusst. Wie sein Name schon andeutet ("Stehen wie ein Baum"), baut es große innere Stärke auf, vergleichbar mit der Kraft eines erwachsenen Baumes. Zhan Zhuang sammelt auf außergewöhnlich wirkungsvolle Art frische Energie, anstatt sie aufzubrauchen.
Die Übungen werden in sorgfältig ausbalancierten, meist statischen, Positionen ausgeführt, die den Fluss der Qi Energie anregen und unsere gesamte Leistungskraft aufbauen. Das Zhan Zhuang Trainingssystem basiert auf der Verschmelzung von Anspannung und Entspannung,

die den ganzen Organismus stimuliert, reinigt und innerlich massiert. Das Training unterstützt die Fähigkeit unsere gesamte Leistungsfähigkeit, sowohl physisch, als auch psychisch, über lange Zeit beanspruchen zu können. Dies geschieht auf ganz natürliche und angenehme Weise.

Elemente dieses Qi Gong Stils finden sich unter anderem auch im "Eisenhemd Qi Gong". Muskeln und Bindegewebe werden durch regelmäßiges Training besonders gestärkt und langfristig kann das bewusste Aufbauen und Führen von Qi (Energie) langfristig erreicht werden. Durch langjähriges, intensives Training können so z.b. die Mönche des Shaolin Ihren Körper gegen die verschiedensten Druck-, Stoß- und Schlageinwirkungen effektiv schützen.

Die Übungen des Zhan Zhuang Qi Gong eignen sich auch sehr, um in der Nähe von Bäumen zu trainieren und die von den Bäumen ausgehende energetische Wirkung zu erfahren und zu nutzen. Große und gesunde Bäume haben viel Qi. Regelmäßiges Qi Gong Training fördert generell Ihr Gespür für die Wahrnehmung von Energien die uns umgeben. Speziell bei Bäumen ist das gut wahrnehmbar, da diese über ein hohes Energiepotenzial verfügen.

Wer mit einem Baum sprechen kann, braucht nicht zum Psychiater.
Nur meinen die meisten Menschen, das Gegenteil.

Phil Bosman

Auch die ganzen anderen Übungen aus den verschiedensten Qi Gong Stilen mochte ich sehr gerne, hier standen dann eher sanfte Bewegungen im

Vordergrund. Am Anfang waren es einfach nur eine Art von gymnastischen Übungen für mich, doch schnell erkannte ich den Zusammenhang von Bewegung und Geist. Wichtig ist das bewusste Ausführen der Bewegungen und das bewusste Spüren des Körpers dabei. Körper und Geist werden so als Einheit wahrgenommen und wir werden uns dessen auch wieder bewusst. Beides wirkt zusammen und beides beeinflusst sich auch immer gegenseitig.

Wir verändern unser Bewusstsein von:

Körper haben
in

Körper sein

Hierzu hatte uns Jack eine sehr einfache, aber auch sehr effektive Übung als Beispiel für unser Verständnis gezeigt. Zunächst sollten wir ein paar mal hintereinander von einem Stuhl aufstehen und uns dann jeweils im Wechsel wieder hinsetzen. Eine Tätigkeit die jeder in seinem Leben wohl schon unzählige Male gemacht hat. Danach sollten wir das gleiche wieder tun, jetzt aber versuchen ganz bewusst den Körper dabei zu spüren. Wie fühlt es sich an, was spüren wir dabei in den einzelnen Körperteilen und was nehmen wir dabei sonst noch wahr. Das klang sehr einfach, aber das war es nicht. Es zeigte, uns schnell unsere vernachlässigte Körperwahrnehmung. Danach sollten wir sitzen bleiben und nur in Gedanken die zuvor gemachte Tätigkeit des Aufstehens und des Setzens ausführen. Danach verstand ich was Jack damit gemeint hatte, den Körper und den Geist zu verbinden. Das ist auch ein zentrales Thema in der Energiearbeit, also im Qi Gong.

Durch mein tägliches Training machte ich schnell Fortschritte und Jack schien das zu gefallen, auch wenn er dazu nichts sagte. Wichtig war ihm wahrscheinlich nur, dass ich die Basis, für die spätere intensive Ausbildung bei ihm, schuf.

Ein weiteres zentrales Thema ist das Arbeiten mit der Energie (Qi Gong bedeutet sinngemäß übersetzt Energiearbeit) und stellt damit auch die eigentliches Essenz da.

Durch das magnetische Kraftfeld der Erde mit ihren zwei Polen und des Gravitationsfeldes unseres Planeten sind wir permanent von diesen Kräften umgeben. Zusätzlich wirken ständig Energien von Außen auf die Erde (z.B. Solarkonstante Energie der Sonne mit ihrem breiten Spektrum unterschiedlicher Strahlungswellen).

Alle diese uns umgebenden Kräfte haben maßgeblichen Einfluss auf alles zwischen Himmel und Erde und somit natürlich auch auf uns Menschen. Das Wissen um diese Kräfte hat schon immer Menschen verschiedenster Völker beschäftigt und somit auch Techniken der bewussten Nutzbarkeit hervorgebracht. Im wahren und authentischen Qi Gong und Tai Chi Chuan sind solche Techniken die Basis zur Entwicklung von innerer Kraft und dem Erhalten und Fördern der Lebenskraft.

Durch das Training, dieser alten Methoden des Qi Gong, wird der natürliche Auf- und Abwärtsstrom der Energien von Himmel und Erde trainiert, kultiviert und immer mehr ausgebildet. Durch bestimmte Stellungen, Positionen und Bewegungsabläufe wird die Zirkulation der Lebenskraft stark intensiviert, die Durchflussstärke innerhalb des Meridiansystems wird erhöht und optimiert. Der gesamte Körper wird durch regelmäßiges Training stetig mit neuer Lebensenergie, die aus den uns umgebenden Energien gewonnen wird, versorgt. Die Lebenskraft wird gefördert, erhalten und ausgebaut.

Hierzu sind keine komplizierten Techniken nötig, die Übungen des wahren und authentischen Qi Gong könnten nicht einfacher, grundlegender und dabei zugleich effektiver nicht sein. Besonders im Westen herrscht oft noch die Ansicht, etwas müsse möglichst kompliziert sein, um eine Wirkung zu entfalten. Doch gerade in dieser Einfachheit liegt unter anderem die Potenz und Wirksamkeit der Übungen.

Mein Weg ist einfach und leicht
Laotse

SCHATTEN KANN MAN AUCH
BEWUSST HERVORRUFEN
UM DER SICHT EINE ANDERE
PERSPEKTIVE ZU GEBEN,
ODER EINE BESONDERE
STIMMUNG ZU ERZEUGEN.
DAS IST OFTMALS WICHTIG,
ABER NICHT IMMER.
BESONDERS DANN, WENN
DADURCH ANDERE
MENSCHEN INS FALSCHE
LICHT GERÜCKT WERDEN.

Weisheiten & Hypothesen
Oliver Haag

Öffnung

Nach den ersten 6 Monaten begann meine persönliche Ausbildung bei Jack. In den nächsten drei Jahren besuchte ich ihn mindestens drei mal in der Woche zu Hause zum Training. „Wenn immer Du zu mir in das Training kommst, nimmst Du den Weg zu Fuß durch den Wald", dass war einer seiner Forderungen, die ich auch befolgte. Das war nicht immer leicht, da der Weg von mir bis zu ihm ca. acht Kilometer betrugen und es auf dem Hinweg stetig bergauf ging. Wind und Wetter galt es dabei auch oft zu trotzen. Generell förderte das meine körperliche Fitness zusätzlich zu dem teilweise auch harten Training. Da ich so oft bei Jack zum Training war und wir auch immer danach noch Zeit zusammen verbrachten, lernte ich seine Frau und seine Kinder auch gut kennen und irgendwie waren sie wie eine zweite Familie für mich in der ich mich sehr wohl fühlte.

Bei meinem ersten Besuch, zu meinem ersten persönlichen Training bei Jack, hatte ich schon mein erstes außergewöhnliches Erlebnis.

„Setzt Dich mein Freund, Du hast in den letzten sechs Monaten die ersten wichtigen Schritte gemacht und Dir die nötige Basis geschaffen. Bevor wir mit deiner eigentlichen Ausbildung beginnen, müssen wir deine Energie strukturieren und deine Leitbahnen öffnen. Das wird dein Potenzial, welches Du in dir trägst noch weiter verstärken und wir können mit unserer Arbeit beginnen".

Ich setzte mich auf den angebotenen Stuhl in dem Trainingsraum. Es war ein schöner lichtdurchfluteter Raum, die Wände des Blockhauses waren auch innen alle aus Holz. Der Boden, war auch aus Holz und zusätzlich mit festen stabilen Bastmatten ausgelegt. An einer Wand hingen Tafeln mit verschiedenen Schriftzeichen und ein Foto auf dem ein älterer Mann abgebildet war. Jack bemerkte, dass mein Blick bei dem Bild hängen blieb. „Das ist ein Foto meines Großmeisters aus meiner Zeit im Shaolin-Kloster. Er war ein sehr weißer Mann und er hat mich auch sehr geprägt. Ich habe ihm sehr viel zu verdanken, er war wie ein zweiter Vater für mich", mehr wollte er mir aber zunächst nicht über ihn erzählen. Ich nickte ehrfürchtig und wartete gespannt auf das was nun folgen sollte. Jack trat hinter mich und bat mich meine Augen zu schließen. „Wichtig ist, dass Du versuchst ganz entspannt zu bleiben und alles einfach nur geschehen lässt", diese Anweisung erhöhte meine Neugier natürlich noch zusätzlich. Ich schloss die Augen und wenig später spürte ich wie Jack mir sanft auf meine Haare pustete. Das es genau an der Stelle des Punktes *Baihui* auf meinem Kopf war, dass wurde mir auch erst später klar, nachdem ich mich im Verlauf meiner Ausbildung mit der Theorie, über die wichtigsten Energietore des Körpers, auseinandergesetzt hatte. Zwei mal noch wiederholte Jack das sanfte Pusten auf diese Stelle. „Ich lasse Dich jetzt alleine, bleibe Du hier sitzen und spüre was passiert. Wenn es vorbei ist komme ich wieder und wir beginnen mit der ersten Lektion", nach diesen Worten verließ Jack den Raum. „Was meint er damit, spüre was passiert und wenn es vorbei ist komme ich wieder?", diese Fragen gingen mir als erstes durch den Kopf. Ich spürte nichts, aber da ich Jack vertraute blieb ich ruhig auf dem Stuhl sitzen. Nach einigen Minuten, ich begann schon langsam daran zu Zweifeln ob überhaupt etwas passieren würde, spürte ich einen stechenden Schmerz zwischen After und meinen Hoden. Hier handelte es sich um den Punkt *Huiyin*, was ich auch erst später herausfinden sollte. Aus dem stechenden Schmerz wurde schnell ein heißes Brennen und ich spürte wie es mir den Schweiß aus allen Poren meines Körper trieb. Dieses heiße Brennen begann wie eine kleine Feuerkugel auf meiner Körperrückseite hinauf zuwandern, bis zu dem Punkt auf meinem Kopf den Jack zuvor durch sein dreimaliges Pusten stimuliert hatte. Ich hatte die Augen weiterhin geschlossen, aber es war so als würde ich ein sehr helles Licht sehen. Es brannte heiß in meinem Kopf und es rauschte in meinen Ohren. Die kleine Feuerkugel bewegte sich dann abwärts über meine Stirn hinunter auf meiner Körpervorderseite. Der Schweiß ran unentwegt aus all meinen Poren und der mir bis dahin unbekannte Geruch verteilte sich im Raum. Die kleine Feuerkugel machte kurz halt an dem Ausgangspunkt zwischen After und meinen Hoden, um dann erneut den Weg auf meiner Körperrückseite nach oben zu nehmen. Mehrmals wiederholte sich dieser Kreislauf und es erschien mir wie eine Ewigkeit. Aber das Gefühl das ich dabei hatte wurde von mal zu mal angenehmer, ein ganzes Heer von Glückshormonen schien sich in mir breit zu machen. Niemals zuvor fühlte ich mich so glücklich und frei. Beim letzten Kreislauf blieb die kleine Feuerkugel auf der Höhe meines Unterbauches stehen und es fühlte sich an als würde sie dort explodieren. Ich wartete noch einige Minuten ab und öffnete dann schweißgebadet meine Augen, im selben Moment betrat Jack wieder den Raum. „Jetzt bist Du bereit mein Freund, lass uns mit Deiner ersten Lektion beginnen". Ich hatte zwar viele Fragen, aber irgendwie wusste ich, dass Jack mir diese jetzt sowieso nicht beantworten würde. „Ja Jack, lass uns beginnen, ich bin bereit", das waren wahrscheinlich auch die Worte, die er von mir hören wollte.

„Wichtig ist das Du in der nächsten Zeit versuchst all Deine Sinne zu schärfen mein Freund, denn nur wenn Deine Sinne stark sind, kannst Du Dein Potenzial und Deine Fähigkeiten richtig entfalten". Wieder war es so für mich als würde er in Rätseln sprechen, was meinte er nun wieder damit. Aber auch das sollte ich bald verstehen.

Jack befahl mir von meinem Stuhl aufzustehen und mich vor ihn zu stellen. Wir standen ungefähr eine halbe Armlänge auseinander und schauten uns in die Augen. „Beobachte mich und versuche mit Deinem Kopf auszuweichen". „Okay", erwiderte ich. Ich hatte es kaum ausgesprochen, da klatschte eine Ohrfeige auf meine rechte Wange. „Beobachte mich und versuche mit Deinem Kopf auszuweichen", mit diesem Satz als Einleitung wiederholten wir das ganze noch viele Male. Der einzige Unterschied war, dass Jack die Seiten der Wangen wechselte auf der er mich mit der flachen Hand schlug. Die Schläge waren zwar nicht besonders fest, aber sehr schnell. An diesem ersten Tag konnte ich nicht ein einziges Mal seiner Hand ausweichen. „Beobachte meine Augen, meine Schulter, spüre die Luft, höre wenn mein Arm sich bewegt", gab Jack mir mit auf den Weg nach dieser ersten Lektion. Noch wusste ich nicht genau was er damit meinte, aber auch das sollte mir nach ein paar Wochen Training mit Jack klar werden. „Für heute machen wir Schluss mein Freund, geh ins Bad und mach Dich erst mal ein bisschen frisch, Du stinkst wie eine Herde Gorillas. Wir gehen dann nach draußen, ich bereite einen Tee für uns". Ja er hatte recht, über die Lektion mit den Ohrfeigen hatte ich ganz meinen sehr strengen Schweißgeruch vergessen, dass Frischmachen würde sicher guttun. Nach der zweiten Tasse von dem leckeren Grüntee machte ich mich auf den Weg nach Hause, den Kopf voller Eindrücke und Fragen. Fragen, die ich mir selbst beantworten musste. „All Deine Fragen, kannst Du Dir irgendwann selbst beantworten, Du wirst schon sehen mein Freund, vertraue mir", dass waren Jacks Worte zum Abschied an diesem ersten Tag meiner persönlichen Ausbildung bei ihm.

Auf meinem Weg nach Hause durch den Wald versuchte ich das Erlebte zu verstehen, es gelang mir nicht. Aber eines wusste ich, es hatte mich irgendwie verändert, alles fühlte sich anders an. Mein Körper war wie schwerelos und ich hatte immer noch dieses Glücksgefühl, trotz meiner Niederlage. Ich konnte ja den Schlägen von Jack nicht ein einziges mal ausweichen, aber es störte mich gar nicht, es spornte mich nur noch weiter an und der Forschergeist in mir brannte auf all das was mich noch an Erfahrungen mit Jack erwarten würde. Auf halbem Weg blieb ich im Wald an einer großen Kiefer stehen. Sie war wohl schon alt und sie hatte einen mächtigen Stamm. Ich trat nahe an sie heran und legte meine Arme um sie, so wie ich es oft mit

Bäumen in meinen Kindheit gemacht hatte, wie ein Kind das sich freudig in die Umarmung eines seiner Eltern begibt. Ich schloss die Augen. Kurz darauf begann es in meinem ganzen Körper vom Kopf bis zu den Füßen wohlig zu kribbeln. Ich kannte diese Kribbeln, doch war es stärker als ich es aus meiner Kindheit in Erinnerung hatte. So blieb ich einige Minuten still an dem Baum stehen und genoss die Energie dieser Kiefer. Zweifelsohne hatte Jack wohl meine Energietore geöffnet, ja ich war bereit für die Arbeit mit ihm.

Zu Hause in meiner Einzimmerwohnung angekommen schaffte ich es noch zu duschen bevor ich mich erschöpft ins Bett legte und sofort tief einschlief. Ich hatte einen sehr intensiven Traum in dieser Nacht. Ich saß vor einer Höhle am Feuer, meine Frau saß neben mir. Wir schwiegen uns an und wussten das unsere Liebe füreinander erloschen war. Das saß wie ein schwerer Stein in meinem Bauch und ich musste mich übergeben. Danach verließ mich meine Frau und ging in die Höhle vor die wir saßen, sie ging ohne ein Wort. Tränen rannen mir aus den Augen und ich fühlte mich schwer wie Blei, eine große Traurigkeit legte sich auf mich. Nach gefühlt endlosen Stunden hörte ich, dass sich etwas dem Feuer zu nähern schien. Es musste etwas großes sein, der Boden schien leicht zu beben. Dann sah ich was auf mich zukam. Es war ein großer Elefant und als Reiter saß Jack auf ihm, der den Elefant auf mich zusteuerte.

„Komm mein Freund gib mir Deine Hand und spring auf", das waren seine Worte und er beugte sich mir entgegen und nahm meine ausgestreckte Hand. Er zog mich hinauf und ich setzte mich hinter ihn auf den Rücken des Elefanten. Wir entfernten uns von dem Feuer und der Höhle und ritten im Vollmond in die Nacht. Meine schwere und die Traurigkeit ließ ich zurück am Feuer an der Höhle.

Nach dieser Nacht merkte ich, dass ich durch die Erlebnisse bei Jack und den Traum in der Nacht viel Ballast abgeworfen hatte, die sehr schmerzliche Trennung von meiner Frau schien damit für mich mental ein Ende gefunden zu haben, ich fühlte mich beruhigt und frei. Heute, nach all den Jahren bin ich dankbar, dass meine Frau sich damals von mir trennte, denn das war irgendwie auch der Grund meinen Weg zu finden und mich zu dem Menschen zu entwickeln der ich heute bin.

EIGENTLICH WOLLEN WIR DOCH ALLE NUR DASSELBE... NICHTS ANDERES IST VON BEDEUTUNG.

Weisheiten & Hypothesen
Oliver Haag

Maria

In den nächsten Wochen versuchte ich mehr Bewusstsein in mein Leben zu bringen und meine Sinne zu schärfen. Auch die Gedankenhygiene, so nannte es Jack galt es für mich zu etablieren. Der Schlüssel dazu ist der *„Innere Beobachter"*. Schlechte und belastende Gedanken haben immer Einfluss auf unseren Körper und unseren psychischen Zustand, deshalb ist es wichtig einen Beobachter zu haben, der uns hilft auf unsere Gedanken zu sehen und diese somit auch ein Stück weit zu kontrollieren.

„Wenn Du negative und angstvolle Gedanken hast, dann betrachte diese von außen. Stell Dir die Frage, was denke ich da eigentlich gerade und wie viel Energie stecke ich da gerade rein. Auch wenn das zunächst etwas ungewöhnlich klingt, versuche es. Es ist ein zentraler und wichtiger Aspekt auf Deinem Weg. Wenn Du es schaffst, den Denker zu Beobachten wird ein höheres Bewusstsein aktiviert, dass meine ich mit der *„Innere Beobachter"*, ich versuchte Jacks Worte zu verstehen. Belastende Gedanken hatte ich ja noch genug, denn ich war ja immer noch arbeitslos und Existenzängste begleitenden mich. Also jede Menge zu tun für meinen inneren Beobachter.

Das Training mit Jack und seine Freundschaft taten mir sehr gut und ich fühlte mich immer stärker, sowohl psychisch als auch körperlich. Meine Familie und mein Freundeskreis konnten das auch deutlich sehen und waren froh, dass ich mich so gut entwickelte. Auch bezüglich meiner Arbeitslosigkeit gab es eine Lösung, ich fand eine Anstellung. Da ich mir mittlerweile gut vorstellen konnte, mit Menschen zu arbeiten und im sozialen Bereich zu arbeiten, bewarb ich mich auf eine Stellenanzeige als Gruppenleiter in einer Werkstatt für behinderte Menschen. Nach dem Vorstellungsgespräch und dem angebotenen Hospitationstag in der Werkstatt war mir klar, dass wäre eine sinnvolle und befriedigende Arbeit für mich. Ich erhält den Zuschlag für die Stelle und habe seit diesem Tage diese Entscheidung nicht bereut.

Der Arbeitsvertrag war das noch fehlende Puzzlestück in meinem Leben, um glücklich und komplett zu sein. Doch es sollte noch ein weiteres wichtiges Puzzlestück dazu kommen.

Mein persönliches Qi Gong Studium und das Training mit Jack setzte ich weiterhin mit großer Leidenschaft fort. Jack lehrte mich in verschiedenen Techniken des Qi Gong und nach einem Jahr konnte ich sogar schon die Qi Gong Gruppe leiten. Das machte mir sehr viel Spaß und war ein wichtiger Bestandteil meines Weges.

Mittlerweile hatte ich auch gelernt den Schlägen auf die Wange auszuweichen, diese Übungen hatten wir unzählige Male trainiert. „Wir werden das ganze jetzt noch eine Stufe schwieriger gestalten mein Freund. Ich werden Dich jetzt nicht mehr mit der flachen Hand auf der Wange berühren, nein jetzt werde ich versuchen Dir mit einem Filzstift auf die Wange zu schreiben", sagte Jack und das Lachen in seinen stahlblauen Augen war kaum zu übersehen. „Haha, mittlerweile bin ich zu schnell, dass kannst Du nicht schaffen Jack", erwiderte ich selbstbewusst. Jack stellte sich wie gewohnt gegenüber und ich beobachtete ihn genau, gespannt im rechten Moment zu reagieren und ihm und seinem Filzstift auszuweichen. Nach ca. drei Minuten sagte Jack, dass die Lektion beendet wäre und ich war stolz wie Bolle. Vier mal war ich seinen versuchten Bewegungen ausgewichen, ich war schnell und war der Sieger. „Ich hab es Dir doch gleich gesagt Jack, dass Du es nicht schaffen kannst". „Ja mein Freund, Du warst wirklich schnell", irgendwie klang das fast gelangweilt und Jack für mit Übungen aus seinem Power Qi Gong Training fort. Den Begriff Power Qi Gong definierte Jack folgendermaßen:

„Qi Gong ist wie ein langer Fluss mit vielen verschiedenen Strömungen.
In über 2000 Jahren entstanden viele unterschiedliche Qi Gong Systeme.
Diese verschiedenen Systeme und die dazugehörigen Übungen sind teilweise so verschieden, dass man nicht denken würde, dass alles Qi Gong ist.
Allgemein betrachtet kann man die verschiedenen Qi Gong Systeme in drei Arten einteilen:

-*Stilles Qi Gong*
-*Weiches Qi Gong*
-*Hartes Qi Gong*

Stilles Qi Gong nutzt die meditative gedankliche Konzentration zur Aktivierung und Bewegung des Qi.

Weiches Qi Gong nutzt sanfte langsame Bewegungen des Körpers, um den Qi-Fluss im Körper anzuregen und zu beeinflussen.

Hartes Qi Gong umfasst kraftvoll und teilweise schnell ausgeführte Elemente. Es wird unter anderem in vielen Kampfkünsten zur Steigerung der Fitness und Leistungsfähigkeit eingesetzt.
Zusammen mit Übungen aus Formen des "*Zhan Zhuang*" und des "*Eisenhemd Qi Gong*" bildet "*Hartes Qi Gong*" das nötige Fundament für viele, meist asiatische, Kampfkünste.

Power Qi Gong ist eine Zusammenstellung aus allen oben genannten Elementen zur Steigerung der Fitness und Leistungsfähigkeit".

Nach ca. zwei Stunden intensiven Trainings machte ich mich, wie immer erschöpft nach den Übungen des "*Power Qi Gong*", auf den Heimweg. Erschöpft, aber zufrieden fühlte ich mich, meine Fitness war mittlerweile gut und ich konnte die anstrengenden Übungen ausdauernd absolvieren. Was mich noch zufriedener machte, war die Tatsache, dass ich es geschafft hatte der von Jack angekündigten Bemalung mit seinem Filzstift zu entgehen. Zum Glück, denn es war ein wasserfester Filzstift eines renommierten deutschen Filzschreiberherstellers.
Zu Hause angekommen machte ich mir eine Nudelsuppe mit Gemüse und aß Vollkornbrot dazu, nach dem harten

Training hatte ich immer besonders großen Hunger. Danach ging ich wie üblich ins Bad um eine schöne heiße Dusche zu nehmen. Ich betrat das kleine Duschbad in meiner Einzimmerwohnung und schaltete das Licht am Spiegelschrank ein. Die Birne in der Deckenleuchte war seit zwei Tagen kaputt und ich hatte bisher noch keine Zeit gefunden diese auszutauschen. Nach dem Einschalten des Lichtes durchzuckte es mich wie ein Blitz, als ich mich im Spiegel ansah. Wie konnte das sein, nein das war doch unmöglich. Mehrere Sekunden stand ich regungslos vor dem Spiegelschrank und starrte in mein Spiegelbild. Auf meiner linken Wange waren vier schwarze große Buchstaben zu sehen...J A C K... Dieser Teufelskerl hatte es doch geschafft und mir in Spiegelschrift seinen Namen auf die Wange geschrieben. Nachdem ich das realisiert hatte begann ich laut zu lachen.

Einige Monate nach dem sich meine Frau von mir getrennt hatte, hatte ich ein kurzes Verhältnis zu einer Frau. Sie war Hebamme und so eine Art Schamanin, im Mittelalter wäre sie bestimmt wegen ihres umfangreichen Wissens um alternative Heilmethoden und ihrer ausgeprägten Wollust, der Inquisition zum Opfer gefallen und auf dem Scheiterhaufen gelandet. Ich wollte Liebe, aber sie nutzte eher meine Dienste als Liebesknecht. Liebe konnte sie nicht zulassen, dass war ihr zu verbindlich und zu nah. Ihre Schutzmauern wollte und konnte sie für mich nicht einreißen. Na ja, zumindest blieb mir die Ablenkung von meinen aktuellen Problemen und von der Trauer um den Verlust der Liebe meiner

Frau. Nach der Liaison zu dieser Frau, dachte ich nicht das es wichtig wäre nach der Liebe zu suchen und eine passende Partnerin zu finden. Doch es sollte anders kommen.

Nachdem ich beim Duschen vergeblich versucht hatte, die vier schwarzen Buchstaben auf meiner Wange vollständig zu entfernen, ging ich müde in mein Bett. In dieser Nacht hatte ich wieder einen sehr lebhaften Traum. Ich stand mit Jack an einem Vulkankrater der mit klarem dunkelblauen Wasser gefüllt war. Am Ufer standen vereinzelt große Kiefern und die Hänge des Ufers waren mit sattgrünem Gras bewachsen. Die Sonne strahlte uns kräftig ins Gesicht und unsere Schatten lagen wie zwei Riesen über dem ruhig liegenden See. „Das ist der See der heilenden Energie", sagte Jack und beschrieb mit einer ausholenden Bewegung mit seinem rechten Arm die Umrisse des Sees aus der Entfernung an unserem Standpunkt. „Du musst hineinspringen und in dem See baden, es ist Dein See". „Mein See, dass verstehe ich nicht, was meinst Du Jack?" „Auch ich hatte einst meinen See und ich habe darin gebadet, vertraue mir mein Freund, Du wirst schon sehen". Ich streifte ohne weitere Fragen meine Kleider ab und sprang in den See ins Ungewisse. Das Wasser des Sees war angenehm warm und ich war überrascht, da ich ich eigentlich kaltes Wasser erwartet hatte. Beim Eintauchen hatte ich das Gefühl in ein Meer von hellem Licht eingetaucht zu sein und ich schloss während des Auftauchens die Augen. Wieder an der Wasseroberfläche angekommen öffnete ich die Augen und begann im See zu schwimmen. Nach ein paar Minuten in dem schönen warmen Wasser tauchte plötzlich ein Delfin direkt neben mir auf. Ich hatte keine Angst und griff mit der Hand seine Rückenflosse. Sofort spürte ich ein kräftiges wohliges Kribbeln in meinem ganzen Körper und der Delfin zog mich sanft in großen Kreisen durch den See. „Wer bist Du", fragte ich und der Delfin sprach mit weiblicher Stimme zu mir: „Ich heiße Maria und ich bin Dein Krafttier, halt Dich an mir fest und lass alles einfach nur geschehen". Mein Herz füllte sich mit dem Gefühl der Liebe und ich genoss die Zeit mit Maria dem Delfinmädchen in dem warmen Vulkansee. Jack winkte uns beiden aus der Ferne, auch er schien sich über das was er sah zu freuen.

Danach war mein Traum zu Ende, ich wurde durch das Klingeln meines Weckers aus diesem wunderschönen Traum gerissen. Was blieb war das Gefühl von Liebe in meinem Herzen.

Bei meinem nächsten Treffen mit Jack erzählte ich ihm von diesem Traum und er sagte mir darauf, dass er einst auch einen solchen Traum gehabt hätte und das es ein wichtiges Zeichen wäre, ich würde das bald verstehen. Und wieder sprach er in Rätseln, aber das war ich ja mittlerweile gewohnt und ich machte mir erst mal keine weiteren Gedanken. Ich war ja auch intensiv mit meiner Ausbildung bei Jack beschäftigt und mein Job forderte auch all meine Aufmerksamkeit, zusätzlich lief auch noch meine Scheidung, die Energien einforderte.

Etwa 14 Tage nach meinem Traum von dem Vulkansee und dem Delfinmädchen fragte mich Jack, ob ich mit ihm und seiner Familie zum Bauernmarkt in den nahegelegenen Hessenpark kommen wollte. Der Hessenpark ist ein Freilichtmuseum in dem viele historische Häuser, zusammengetragen aus ganz Hessen, wiederaufgebaut wurden. In jedem Jahr zieht es viele tausende interessierte Besucher dort hin, um sich an den wunderschönen alten Gebäuden und dem wunderschön gelegenen Gelände in mitten des Taunus zu erfreuen.

Natürlich stimmte ich dem Vorschlag von Jack sofort ein, denn ich war gerne zusammen mit ihm und auch seiner Frau und den beiden Kindern. „Das ist schön, dass Du mitkommst, wir gehen gerne dort hin und zum Bauernmarkt auf dem schönen großen Marktplatz ist der Eintritt auch kostenlos. Wir treffen dort auch eine alte Bekannte, meine Frau hat einen Teil ihrer Schulzeit in Frankfurt mit ihr verbracht. Sie wohnt auch in deiner Stadt, vielleicht kennst Du sie ja". „Wie heißt Eure Freundin", fragte ich Jack um zu zeigen, dass ich nichts dagegen hätte wenn auch noch eine andere Person an dem Ausflug teilnehmen würde. „Maria Schütz, sagt Dir der Name etwas?", erwiderte Jack fragend. Nein der Name sagte mir nichts, aber das verwunderte mich nicht, denn auch in einer sehr kleinen Stadt, es gab ca. fünfzehntausend Einwohner, kann man nicht jeden kennen. Es war mich auch egal, ich freute mich auf den Ausflug mit Jack und seiner Familie, die mir im Laufe der Zeit alle sehr ans Herz gewachsen waren und irgendwie schon so ein bisschen wie Familie für mich geworden waren. Also verabredeten wir uns für den kommenden Sonntag für 11.00 Uhr, Treffpunkt Eingang am Hessenpark.

DAS LEBEN AN SICH IST EIN UMWEG, DAMIT WIR LERNEN UND DARAN WACHSEN.

Weisheiten & Hypothesen
Oliver Haag

Pünktlich stand ich am Sonntag an dem verabredeten Treffpunkt und kurz darauf trafen auch Jack und seine Familie ein. „Maria ist schon da und wartet am Brunnen auf dem Marktplatz auf uns, sie hat mir gerade eine Whatsapp geschrieben", sagte Jacks Frau und ging mit beiden Kindern voraus. Jack klopfte mir auf die Schulter und strahlte mich an, „Schön das Du gekommen bist mein Freund, lass uns einen schönen Tag haben". Wir folgten den drei Vorausgeeilten und erreichten nach wenigen Minuten den Brunnen auf dem Marktplatz. Die Sonne schien, keine einzige Wolke am Himmel, beste Voraussetzungen für einen schönen Tag im Freien. „Da ist sie ja, hallo Maria so schön dich zusehen", Jack begrüßte freudig die Frau die wohl die angekündigte Freundin zu seien schien. Auch sie begrüßte Jack herzlich und sie fielen sich freudig in die Arme. Danach stellte uns Jack gegenseitig vor, ich brachte außer einem „Hallo" nichts hervor und mein Blick blieb einige lange Sekunden wie gefesselt an ihr hängen. Sie streckte mir ihre Hand entgegen, „Maria, freut mich, die beiden haben mir schon viel von dir erzählt, war schon sehr gespannt dich kennenzulernen". „So", antwortete ich verwundert, „Was haben die beiden den von mir erzählt?" „Na ja, eigentlich nur was Du für ein fleißiger Schüler bist und das Jack dich auserwählt hast sein Wissen weiterzugeben". So hatte ich das selbst noch gar nicht gesehen, aber der Gedanke gefiel mir und machte mich auch ein bisschen stolz.

Wir schlenderten alle gemeinsam von Stand zu Stand, an denen alle möglichen frischen Erzeugnisse von Bauern aus der Region angeboten wurden. Maria hakte sich bei mir am Arm ein, so als würden wir uns schon lange kennen, das überraschte mich, aber ich genoss es sehr, denn es fühlte sich unbeschreiblich gut an.

Nach dem wir den gesamten Marktplatz und die vielen Marktstände begutachtet hatten setzten wir uns an einen Tisch an einem Getränkestand. Wir bestellten uns einen Krug mit leckerem hausgemachten Apfelwein und den Kindern eine große Flasche Himbeersaft. Wir unterhielten uns prächtig und die Kinder spielten mit anderen Kindern am Brunnen und hatten dabei auch jede Menge Spaß. Maria saß dicht neben mir, immer noch eingehakt. Nach ca. einer Stunde sahen und hörten wir plötzlich wie ein Mann nahe des Brunnens laut auf einen kleinen, etwa sechs Jahre alten Jungen, einschimpfte und kurz darauf begann er ihn auch zu schlagen. „Lassen Sie sofort den Jungen los", rief eine ältere Dame, die in der Nähe des Brunnens stand. „Halts Maul, das geht Sie gar nichts an wie ich meinen Jungen erziehe", entgegnete der Mann erzürnt und schlug weiter auf seinen weinenden Jungen ein. Im selben Moment sprang Jack von seinem Platz von der Bank auf und nach ein paar schnellen Schritten war er bei dem zornigen, brutalen Mann angelangt. Bevor dieser überhaupt etwas sagen konnte, hatte Jack ihn mit seiner Hand an der Schulter gepackt. Ich erwartete jetzt, das Jack ihn wegziehen würde um ihn zur Rede zu stellen, aber nichts dergleichen passierte. Jack hielt nur die Schulter des Mannes, der wie versteinert dazustehen schien. Kein Geschrei, keine bösen Worte, so hätte ich die Reaktion des Mannes erwartet. Nein er stand nur wortlos da und begann zu weinen. Mittlerweile war auch eine junge Frau herbeigeeilt und hatte den Jungen auf ihren Arm genommen. „Sind Sie die Mutter?", fragte Jack. „Ihrem Mann geht es schlecht, nehmen sie ihn mit nach Hause, er sollte sich unbedingt ausruhen. Ich glaube, er wird den Jungen nicht wieder schlagen und sie auch nicht!", die Frau starrte Jack an, aber in ihren Augen war zu sehen es stimmte, dass auch sie von ihm geschlagen wurde. Viele Male hatte auch sie den Zorn und die Brutalität ihres Mannes schmerzlich erfahren, aber trotzdem hatte sie es nie geschafft sich von ihm zu trennen. Auch ihr eigener Vater hatte sie regelmäßig in ihrer Kindheit geschlagen und sie fühlte sich dafür verantwortlich, sie hätte es wohl nicht anders verdient. Die Frau nahm schweigend ihren weinenden Mann an die Hand und sie verließ mit ihm und dem Jungen den Marktplatz.

Nach diesem Vorfall war mir klar, dass Jack über Fähigkeiten verfügte, die ich mir bis dahin nicht vorstellen konnte. Jack konnte tief in die Menschen und ihre Seele blicken und konnte die Energien in Ihnen in die richtige Balance bringen.

Balance bedeutet auch immer Liebe, ohne Liebe keine Balance und Gewalt bedeutet Entwurzelung, auch diese Weisheit lehrte mich Jack auf meinem Weg.

Nach diesem Vorfall verabschiedeten auch Jack und seine Familie sich von uns, da sie noch einen weiten Fußweg nach Hause hatten und möglichst vor Einbruch der Dunkelheit zu Hause sein wollten. Maria und ich blieben noch eine Weile und lehrten den restlichen Inhalt des Kruges mit dem Apfelwein. Danach gingen wir gemeinsam zurück in die Stadt und verabredeten uns für einen gemeinsamen Spaziergang am nächsten Tag. Diesem Spaziergang folgten noch zwei weitere, bei denen wir uns auch gut unterhielten und immer genoss ich das Maria sich bei mir einhakte und ich sie so nah an mir spüren konnte. Für das dann kommende Wochenende verabredeten wir uns gemeinsam auf ein Straßenfest in der Nähe meiner Wohnung zu gehen. Sie holte mich ab, nahm mich an die Hand und wir gingen durch die lange Gasse bis zum Haus eines meiner Freunde. Er hatte dort Tische und Bänke aufgestellt und Mitbewohner aus der Nachbarschaft verkauften Getränke an die zahlreichen Gäste des Straßenfestes. Wir setzten uns an einen Tisch an dem mehrere meiner Freunde mit ihren Frauen saßen, die natürlich auch meine Freunde waren, schließlich kannten wir uns schon viele Jahre und hatten auch schon viele gemeinsame

Stunden verbracht. Ich stellte Maria vor und auf die Frage, ob wir den zusammen wären schauten Maria uns kurz an und nickten dann fast synchron in die Runde. Wir verbrachten einen schönen Abend mit den Freunden auf dem Straßenfest, auch meinen Freunden schien Maria zu gefallen und wahrscheinlich waren sie auch alle froh mich so glücklich zu sehen, wussten sie doch alle welch schwierige Zeit hinter mir lag.

Nachdem wir uns von allen verabschiedet hatten gingen wir zu mir in meine Wohnung. Wir waren zusammen und wollten uns küssen, umarmen und berühren. In der Wohnung angekommen zündete ich Kerzen an und legte CD's in meinen alten CD-Wechsler um die passende Untermalung für unser Näherkommen zu schaffen. Wir streiften unsere Kleidung ab, bis auf Unterhemd und Unterhose, wobei man Marias Unterhose nicht so bezeichnen konnte. Sie trug einen schwarzen Tangaslip und so konnte ich ihren nackten weißen Po sehen. Sie hatte den Arsch einer Göttin, solche Ausdrücke sind mir eigentlich eine Spur zu derb, aber ich kannte diesen Ausdruck aus einem Songtext von einer meiner Lieblingsbands damals und beim Anblick von Marias Po schoss mir eben dieser Songtext sofort in den Kopf. Wir kletterten auf mein Hochbett, dass ich aus Platzgründen für meine kleine Einzimmerwohnung angeschafft hatte und kuschelten uns aneinander. Es fühlte sich herrlich an und ich wollte Maria die ganze Nacht streicheln und berühren, sie schien mich förmlich unentwegt anzuziehen, wie der Magnet der seinen Gegenpol mit aller Kraft anzieht.

Dieses Gefühl hat sich bis heute gehalten und ich schöpfe Kraft aus jeder Berührung mit ihr.

ZWISCHEN HIMMEL UND ERDE GIBT ES EINEN MAGNETEN,
DER ZIEHT MICH MAGISCH AN.

IN SEINER NÄHE SPÜRE ICH WÄRME, BERÜHRE ICH DEN
MAGNETEN, DANN FLIESST DER STROM.

ZWISCHEN HIMMEL UND ERDE GIBT ES EINEN
MAGNETEN UND DER MAGNET, *DER BIST DU.*

OliverHaag

In dieser Nacht hatten wir noch keinen Sex, wir genossen nur die Nähe und die Berührungen. Irgendwann schliefen wir ein und meine Hand ruhte in tiefer Verbundenheit auf ihrem wunderbaren Körper.

Am nächsten Morgen, bat ich Maria mich fest zu Zwicken, denn ich konnte es nicht glauben und wollte Bestätigung das alles kein Traum war. Ich spürte das Zwicken und war froh. Wir standen auf um zu frühstücken und suchten nacheinander kurz das Badezimmer auf, ich nach Maria, Ladies First, wie es sich gehört. Als ich aus dem Badezimmer herauskam, stand Maria an meinem kleinen Esstisch, nur bekleidet mit einem Hemd von mir. Die Morgensonne fiel durch die beiden großen Fenster in die Wohnung und Maria sah im Sonnenlicht einfach umwerfend aus.

Ich war unbekleidet und wollte mich eigentlich anziehen, um nach draußen zu gehen, um beim Bäcker Brötchen für das gemeinsame Frühstück zu holen. Doch zunächst zog es mich zu Maria und ich küsste ihr sanft auf die Wange. „Es war eine wundervolle Nacht, ich habe es sehr genossen so nahe bei Dir zu sein und dich zu berühren, du bist wunderbar", sagte ich ihr und streifte durch ihr blondes Haar. Maria zog mich an sie heran und führte ihre Hand in ihren feuchten Schritt. Ich fühlte ihre Lust und meine Erregung war schnell nicht zu übersehen. Ihre Lippen hingen mittlerweile an meinem Hals und saugten an mir. „Ich will dich spüren", hauchte sie in mein Ohr und sie griff mit einer Hand an mein steifes Glied, sie drehte sich zu mir fuhr mit meiner Lanze durch den feuchten Vorhof ihrer sehr aufnahmebereiten Vagina. Ich übernahm die Initiative und drang langsam in sie ein. Sie streifte das Hemd von ihrem Körper und ich saugte an den steifen Knospen ihren herrlichen kleinen straffen Brüsten. Meine sanften Stöße quittierte sie jeweils mit einem leisen Stöhnen, so liebten wir uns einige Minuten angelehnt an den Esstisch bis es in einem gemeinsamen heftigen Höhepunkt endete.

In den nächsten Wochen und Monaten liebten wir uns oft und ausdauernd, verbrachten auch sonst viele schöne Stunden miteinander. Mein Training versuchte ich trotzdem nicht zu vernachlässigen und Maria war es auch wichtig, dass ich weiter mit Jack arbeitete.

„Jack, wir lieben uns regelmäßig und dauernd, ist das abträglich bezüglich meiner Entwicklung?", fragte ich Jack, da ich in der Literatur zu Qi Gong oft gelesen hatte, dass Enthaltsamkeit wichtig für den Aufbau und die Kultivierung von Qi sei. „Fühlst Du dich denn schwach mein Freund?" „Nein, im Gegenteil, ich könnte Bäume ausreißen", antwortete ich auf Jacks Frage. „Mit dem richtigen Gegenstück bekommst Du Energie, ihr ergänzt euch energetisch, ihr profitiert beide. Außerdem wird sich Eure Lust mit der Zeit automatisch auf ein normales Maß reduzieren, habe keine Angst das Du Energie verlierst. Es war kein Zufall, dass Maria in dein Leben getreten ist!" Ich verstand was er meinte, Maria war längst ein Teil von mir geworden, ich liebe sie, sie ist ein toller Mensch und eine wunderbare Frau. Sie war das noch fehlende Puzzleteil in meinem Lebensmosaik. Vier Jahre später beschlossen wir zu heiraten, um unsere Liebe zueinander so zu besiegeln.

NEUE WEGE GEHÖREN ZUM PERMANENTEN FLUSS DES LEBENS.

Weisheiten & Hypothesen
Oliver Haag

Qi Gong und Heilung

Ein wichtiger Teil meiner Ausbildung bei Jack war das Thema „*Medizinisches Qi Gong*".

In China ist Qi Gong Bestandteil der traditionellen chinesischen Medizin (TCM) und wird dort gleichberechtigt zu Akupunktur angesehen und angewandt. Bei der Behandlung durch Akupunktur werden durch das gezielte Einstechen mit Nadeln in die einzelnen Akupunkturpunkte des Körpers Blockaden gelöst und der Energiefluss auf den Energieleitbahnen (Meridiane) gefördert, beim Qi Gong wird das ganze durch gezielte Übungen des Patienten erreicht, oder auch durch Energieübertragung durch einen Qi Gong Meister.

Jack lehrte mich in verschiedenste Techniken und Übungen und erklärte mir die jeweiligen Wirkungsweisen auf den Körper, darunter auch Klopf- und Massagetechniken. Hierzu durfte ich Jack auch bei der Behandlung seiner Patienten beobachten. Durch seine langjährige Tätigkeit als Qi Gong Meister und TCM Arzt in verschiedenen Kliniken, hatte er viele Patienten die auch privat von ihm behandelt werden wollten. „Eigentlich könnten die sich alle selbst behandeln, aber sie geben die Verantwortung lieber ab, dass ist bequemer. Alle die sich durch meine Behandlung selbst auf den Qi Gong Weg begeben haben, benötigen meine Dienste nicht mehr, aber das sind nur einige, leider".

Oft beobachtete ich wie Jack hinter seinen Patienten stand und Bewegungen mit seinen Armen und Händen ausführte. Die Patienten versetzte das in eine Art Schwingung und auch sie bewegten sich. Es war so als ob Jack sie durch seine Bewegungen steuerte und sie die von Jack ausgesendete Energie in Bewegungen umsetzten. An einen Patienten kann ich mich noch besonders gut erinnern, denn ich habe vielen Behandlungen durch Jack beigewohnt.

Thomas war ein etwa fünfzig jähriger großgewachsener Mann. Er hatte eine Familie mit zwei Kindern und war als Unternehmensberater für mehrere namhafte Unternehmen in Europa und den USA tätig. Sein Job war finanziell sehr einträglich, aber verlangte ihm auch sehr viel an Einsatz und Energie ab. Über die Jahre war das einfach zu viel, psychisch und körperlich ständig überlastet und immer auf der Überholspur. Dazu kam noch der jahrelange Medikamenten- und Drogenmissbrauch, um den permanenten Anforderungen standhalten zu können. Ein gefährliches Spiel, dass am Ende keinen Sieger hervorbringt. Viele Warnzeichen, die er immer wieder hatte, hatte er ignoriert, sich zurücknehmen und auf sich zu achten, dass war in seinem Selbstbild nicht vorgesehen. Jack nannte das „egoistische Aufopferung" und diesbezüglich hatte ich ja auch so einige schmerzliche Erfahrungen hinter mir. Das positive daran war aber auch, dass ich ohne mein „Ausbrennen" Jack wohl nie kennengelernt hätte und diese wichtige Freundschaft zu ihm nicht gefunden hätte.

*„Geh Du vor", sagt die Seele zum Körper „auf mich hört der Mensch
ja nicht, vielleicht er ja auf dich".*
*„Ich werde krank werden, dann wird er Zeit für dich haben", erwidert
daraufhin der Körper der Seele.*

Autor unbekannt

Thomas hatte eine besondere Form von Lymphdrüsenkrebs bekommen und suchte Hilfe bei Jack. Parallel zu seiner Behandlung in einer Klinik in Frankfurt besuchte er Jack regelmäßig um sein wichtigstes Gut wieder zu erlangen. Das hatte er jetzt erkannt, vielleicht zu spät. Das wichtigste sollte immer die eigene Gesundheit sein. Karriere, Geld und Macht treten dann in den Hintergrund.

Ein Teil der Behandlungen von Jack waren immer Gespräche mit seinen Patienten, zum einen um die aktuelle Situation und die Symptome zu besprechen, zum anderen aber auch um Gedanken zu ordnen und unterbewusste psychische Vorgänge zu erkennen. Auch möglichst viele Informationen über Kindheitserlebnisse und den Stammbaum des Klienten bis in die dritte Vorgeneration, waren wichtig um vorhandene Ressourcen und Zusammenhänge zu erkennen. Der Mensch muss ganzheitlich behandelt werden und da gehört die Seele und ihre Verknüpfungen auch dazu.

„Die Seele ist unser Wächter, sie wacht über das Gleichgewicht und das Wohlbefinden von Körper und Psyche. Sie ist immer bestrebt das beide im Einklang sind und nur dann ist sie zufrieden", so erklärte Jack mir die Zusammenhänge, die ich im Lauf meiner Ausbildung bei ihm auch noch verstehen sollte.

An eine der Behandlungen von Thomas, an denen ich auch teilnahm, kann ich mich besonders gut erinnern. Jack hatte Thomas eine statische Position aus dem *„Zhan Zhuang Stil"* einnehmen lassen und stellte sich dann etwa drei Meter vor ihm in einer anderen statischen Position auf. Mich ließ er neben sich, auch in einer weiteren statischen Position zur Unterstützung seiner Position (*„Holz nährt das Feuer"*), stehen. So konnte er die resultierende Energie aus meiner Position zusätzlich für seine Behandlung nutzen. Die Hände von Jack zeigten mit den Handflächen in Richtung von Thomas auf der Höhe von dessen Augen. Wir standen etwa fünfzehn Minuten still in unseren Positionen, da begann Thomas ganzer Körper leicht zu vibrieren und kurz darauf rannen die ersten Tränen über sein Gesicht. Jack befahl uns langsam aus unseren Positionen zu lösen und Thomas fing, unter einem Fluss von Tränen an, zu erst leise und dann immer heftiger, zu schluchzen. Jack umarmte ihn und drückte ihn an sich, so wie ein Vater, der seinen weinenden Jungen tröstet. Nach ca. zehn Minuten verließ dann Thomas völlig erschöpft und schweigend den Behandlungsraum.

„Was war mit ihm los Jack, warum hat er so geweint?", fragte ich Jack nachdem Thomas den Raum verlassen hatte. „Das Streben nach Geld und Macht sind Attribute, die ihm schon von einigen seiner Vorfahren als Ressourcen weitergegeben wurden, da haben Schwäche und Emotionen zeigen keinen Platz, Gefühle werden unterdrückt. Als Kind hatte er einen treuen Freund, seinen Hund Nemo. Der Hund gab ihm Liebe, bedingungslos. Nicht geknüpft an Leistung oder andere

Werte, nein einfach nur echte Liebe. Der Tod des Hundes war für Thomas ein großer Verlust, den er in seinem Unterbewusstsein nie überwunden hat. Trauer und Schwäche zeigen war ihm ja nicht erlaubt, Emotionen und die Tränen hatte er unterdrückt. Das hat er jetzt nachgeholt". „Woher wusstest Du das, davon hat er doch nie erzählt?", fragte ich Jack überrascht. „Das ist nicht wichtig, mein Freund. Er muss noch vieles bearbeiten und wir werden ihm dabei helfen". Ich sah Jack fragend an, aber weitere Fragen wollte ich ihm dazu nicht stellen, da ich ahnte, dass er mir sie jetzt nicht beantworten würde. Es folgten noch weitere solcher Behandlungen und Thomas, der auch die Aufgabe hatte sein tägliches Qi Gong Training zu absolvieren, schien sich gut von seiner Krankheit zu erholen, was seine behandelten Ärzte ihm auch bestätigten.

In seiner letzten Behandlungsstunde standen wir, wie ein paar Mal zuvor auch, im nahegelegenen Wald und umarmten jeder mit geschlossenen Augen einen Baum.

„Thomas, deine Behandlung ist jetzt abgeschlossen", sagte Jack nach dem wir nach einer Stunde wieder zum Haus von Jack zurückgekehrt waren. „Verfolge weiterhin das Qi Gong Training und verbringe regelmäßig Zeit in der Natur, am besten im Wald.

Die Waldluft ist angefüllt mit Sauerstoff und ätherischen Duftstoffen. Diese bioaktiven Substanzen, auch Terpene genannt, steigern die Abwehrzellen im Blut. Das Aufhalten im Wald führt auch dazu, dass Stresshormone abgebaut werden, der Blutdruck sinkt, die Arterienelastizität verbessert sich und die Kapazität der

Lungen wird erhöht. Das limbische System in unserem Gehirn, welches unter anderem als Stress-Regulationszentrum seine wichtigen Dienste verrichtet wird positiv beeinflusst und wir reagieren mit Entspannung".

Eines noch gebe ich Dir mit auf den Weg, *Qi Gong kann dich nicht heilen, wenn dein Leben dich krank macht!"*.

Thomas und ich verstanden was Jack damit meinte.

HOFFNUNG
MONAT ZU MONAT
TAG ZU TAG

...

TROTZDEM IST
HOFFNUNG
EINE GUTE WAHL.

Weisheiten & Hypothesen
Oliver Haag

Jack arbeitete auch weiterhin mit mir daran meine Sinne zu schärfen, so nannte er es. Über mehrere Monate übten wir in einem abgedunkelten Raum und verbundenen Augen. Beide mit Bambusstöcken ausgestattet, ging es darum den Schlägen des anderen auszuweichen. Für mich natürlich mit einigen schmerzlichen Momenten verbunden und Treffer konnte ich bei Jack auch nicht verbuchen. „Außer Deinen Augen, kannst Du alle deine anderen Sinne nutzen und Du musst mein Energiefeld wahrnehmen, um zu spüren wo ich bin und was ich tue", dass waren die einzigen Tipps die ich von Jack zu diesem Thema bekam. Generell hielt sich Jack mit längeren Erklärungen eher zurück. „Qi Gong, die Übungen und deren jeweiligen Wirkungsweisen sind ein Prozess der Selbsterfahrungen durch eigenes Tun, auch deshalb bedeutet Qi Gong ja auch unter anderem Energie Arbeit". Jack verstand es perfekt mich an alles so heranzuführen und mich stetig zu motivieren, dass ich diesen Prozess der Selbsterfahrungen und der Energie Arbeit durchlaufen konnte. Letzten Endes geht es darum Qi Gong im Gesamten zu verstehen und nicht darum nur einzelne Übungen und Wirkungsweisen zu kennen. Aber diese Erkenntnis habe ich auch erst nach Jahren meiner Erfahrungen mit Qi Gong bekommen. Nach ca. einem Jahr, in dem wir auch regelmäßig in dem abgedunkelten Raum mit verbundenen Augen arbeiteten, konnte ich die ersten Erfolge verbuchen. Nicht das ich Jack hätte treffen können, aber ich konnte das ein und andere Mal seinen Schlägen ausweichen. Ich konnte seine leisen Schritte hören, das Zischen, wenn der Bambusstock durch die Luft streifte. Sein Energiefeld konnte ich durch die Augenbinde wahrnehmen, ein feines leuchtendes Energienetz, welches den ganzen Körper als helle Kontur umschloss. „Alles Leben hat ein solches Energiefeld, die Kraft des Qi", so erklärte es mir Jack. Je mehr ich mit der Zeit in die Energie Arbeit eintauchte, umso mehr verstand ich was er damit meinte.

Auch ohne das Erkennen dieser Energiefelder ist es schon erstaunlich wie sich Sinne schärfen, wenn man sich auf diese konzentriert während andere Sinne ausgeschaltet sind. Ich bekam auch ein besseres Verständnis für die Fähigkeiten von Menschen, die blind waren und trotzdem erstaunlich gut in ihrem Alltag zurechtkommen konnten. Ein besonderes Beispiel war ein Klient von mir, den ich in der Werkstatt für behinderte Menschen, als sein Bildungsbegleiter betreuen durfte. Er war verheiratet und hatte zwei Kinder, seine Frau war auch blind. Trotzdem führten sie ein selbständiges Leben und konnten ihre beiden nicht blinden Kinder großziehen. Er kam jeden Tag alleine durch die Stadt zur Werkstatt und fand sich dort auch alleine zurecht. Für uns Sehende war das immer wieder erstaunlich, die Arbeit mit Jack half mir das besser zu verstehen.

„Unsere Lebensenergie, also unser Qi, wird zum einen bestimmt durch die Energie die uns unsere Eltern mitgeben. Die Energien von Mann und Frau verschmelzen in der befruchteten Eizelle miteinander und es entsteht daraus das Qi des neuen Lebens. Das ist dann dadurch für jeden einzelnen als eine feste Größe vorbestimmt. Zum anderen können wir unser Qi stärken durch Körperhaltung und Bewegung, Atmung, Vorstellungskraft, unsere Ernährung und Lebensweise", dass war ein zentraler Satz den Jack mir bezüglich der Bedeutung unserer Lebensenergie mit auf den Weg gegeben hatte. Aus diesem Grunde war das Thema Ernährung immer Bestandteil in der Arbeit mit seinen Schülern und Patienten, wobei er die Bezeichnung Patient nicht gerne benutzte, für Jack waren es alle seine Schüler. Er gab ihnen das Wissen und wenn nötig die notwendige energetische Unterstützung, arbeiten an sich und die notwendigen Veränderungen schaffen, dass musste jeder für sich selbst.

Ohne das Wissen um eine richtige Ernährung ist es kaum möglich sich seiner Gesundheit zu erfreuen.

Sun Si Mao / chinesischer Arzt (581-682)

Folgende Leitsätze zur Ernährung hat Jack allen mitgegeben:

„Esse nur, wenn Du Hunger hast! Unser Körper weiß genau was er braucht und auch wann er es braucht. Er gibt uns dann Impulse was er gerade benötigt, deshalb ist auch hier Achtsamkeit gefragt".

„Nehme ausreichend Flüssigkeit zu Dir! Wir fördern damit die Durchblutung und die Organe können ausreichend mit Nährstoffen versorgt werden. Trinken sollten wir vor allem reines und stilles Wasser, es verdünnt das Blut und liefert unter anderem das für

unser Großhirn wichtige Magnesium. Trinke nicht unmittelbar vor oder nach dem Essen und auch nicht während des Essens, dass verdünnt die Magensäure und so können wichtige Nährstoffe aus der Nahrung nicht gelöst werden. Beginne den Tag mit einem großen Glas warmem Wasser in das Du einen Teelöffel Honig und einen Teelöffel naturtrüben Apfelessig einrührst. Das füllt die Flüssigkeitsspeicher nach der Nacht auf, belebt und entgiftet den Körper".

„Fett und Zucker, weniger ist mehr! Genieße möglichst ungesättigte Fette, die sind sehr wichtig für die Leistungsfähigkeit unseres Gehirns. Versüße Dein Leben am besten nur mit natürlichem Zucker aus Früchten und Honig, auch solltest Du möglichst auf Weißmehlprodukte verzichten".

„Vielseitig, aber nicht zu viel! Reichlich Obst, Gemüse, Eier und vollwertige Getreideprodukte, nur mäßiger Konsum von Fleisch, Milchprodukten, Salz, scharfen Gewürzen, Koffein und Alkohol".

„Keine unnatürlichen Lebensmittel oder Nahrungsergänzungen! Unser Körper ist auf die Aufnahme von natürlichen und die darin natürlichen Verbindungen und Dosierungen vorprogrammiert. Eine Zufuhr über nicht natürliche Quellen greift in unser fein abgestimmtes Gleichgewicht ein und schadet langfristig eher als das es einen positiven Nutzen für uns bringt".

„Wenn ich mich bewege, dann bewege ich mich!"
„Wenn ich trinke, dann trinke ich!"
„Wenn ich esse, dann esse ich!"

DAS LEBEN IST DAS BESCHREITEN DER TREPPENSTUFEN ZUM HIMMEL. NAJA, WAS MAN DAZU GLAUBT IST JEDEM SELBST ÜBERLASSEN, ABER DEN WEG AUF DEN STUFEN DES LEBENS SOLLTE MAN SO GUT ES GEHT GENIESSEN.

Weisheiten & Hypothesen
Oliver Haag

Reise nach München

Nach etwa drei Jahren meiner Ausbildung bei Jack meinte er es sei an der Zeit, dass ich einen Freund von ihm kennenlernen müsste. Er wäre auch ein Qi Gong Meister und ein Pionier auf dem Gebiet die Wirkungsweisen von Qi Gong mit dem Wissen und den Möglichkeiten aus der modernen Medizin zu erklären und zu verbinden. „Ich melde Dich bei Benjamin an, er wird sich über Deinen Besuch freuen, ich habe ihm schon von Dir erzählt", waren Jacks Worte und er wusste das ich gerne zustimmen würde. Er kannte meine Neugier und mein stetiges Interesse an den Wirkungsweisen von Qi Gong, dass mit dem Wissen und den Möglichkeiten der modernen Medizin zu erklären faszinierte mich. „Benjamin hat eine Schule in München und jetzt im Juni ist es auch sehr schön dort, mach Dir ein paar schöne Tage". „Oh ja, München wollte ich schon immer mal kennenlernen, dass ist jetzt eine tolle Gelegenheit", gab ich Jack freudig als Antwort.

In der Nacht vor meiner Abreise nach München hatte ich einen sehr lebendigen Traum, oder war es etwa Realität, zumindest fühlte es sich sehr danach an. Jack trat an mein Bett und sprach mit sanfter Stimme zu mir: „Mein Freund, Du wirst eine wichtige Reise unternehmen und viele Antworten bekommen. Pass auf Dich auf, es wartet auch eine große Gefahr auf Dich und Du musst all Deine Fähigkeiten nutzen, um die Gefahr von Dir abzuwenden. Ich habe aber keine Sorge, denn ich weiß das Du soweit bist, um diese Prüfung zu bestehen!" Er breitete seine Arme über mir aus und aus seinen Handflächen strahlte weißes Licht auf meinen Körper. Warm durchdrang mich dieses Licht und ich spürte ein Gefühl von großer Liebe in mir, so wie ein kleines Kind in den armen seiner Mutter. Lange stand er so da, bevor er ohne ein weiteres Wort ging. Um 5 Uhr in der Früh klingelte der Wecker und ich machte mich mit meinem Rucksack, den ich Abends schon gepackt hatte, auf die Reise. Zunächst lief ich zum Bahnhof unserer kleinen Stadt, um von dort aus mit der Taunusbahn nach Frankfurt zu fahren. Hier stieg ich um in den ICE, der mich direkt nach München bringen sollte. Der Zug war relativ leer und ich war fast alleine in dem Zugabteil, die Plätze neben mir und gegenüber von mir waren nicht besetzt, ich genoss den Blick aus dem Fenster. Die Landschaften flogen in dem schnellen Zug nur so vorüber und ich freute mich auf das was mich wohl erwarten würde, jede Menge Input von einem weiteren Qi Gong Meister. Jack hatte mir erzählt, dass sein Freund Benjamin, als Sohn eines israelischen Diplomaten und einer russischen Balletttänzerin, unter der Obhut eines großen Qi Gong Meisters in Japan aufgewachsen sei. Später war er dann als Kampfkunstexperte in mehreren Teilen der Welt unterwegs und bildet dort Elitetruppen im Nahkampf aus. Ein finanziell sehr einträgliches Geschäft, aber irgendwann konnte es nicht mehr mit seinem Gewissen vereinbaren Kampfmaschinen auszubilden und er widmete sich nur noch der Erforschung medizinischer Zusammenhänge im menschlichen Körper und manueller therapeutischer Techniken zur Prävention und Rehabilitation. Seine große Erfahrung mit den unterschiedlichsten Qi Gong Stilen und anderen

Heilmethoden waren der Grundstock für seine intensive Forschungsarbeit und der sich daraus ergebenden Erkenntnisse. Ich sah es als großes Privileg die nächsten drei Wochen mit diesem Menschen verbringen zu dürfen.

Nach etwa einer Stunde Zugfahrt betrat eine Frau das Abteil in dem ich saß und setzte sich direkt gegenüber auf den Fensterplatz. Sie hatte graues lockiges Haar und trug eine hellbraune Hornbrille. Ihre Augen waren hellgrün und schienen förmlich zu leuchten. Ich schätzte sie auf Ende 50, aber mit ihrer ausgewaschenen Jeans, den blauen Turnschuhen, dem rotkarierten Holzfällerhemd und ihrer schlanken Figur wirkte sie noch sehr jugendlich. „Ich bin nicht zufällig hier", sprach sie mich mit einer tiefen rauchigen Stimme an. „Ein Traum hat mich hierher geführt, ich bin Diana", sie streckte mir die Hand zum Gruß. Verdutzt streckte ich ihr zögernd auch meine Hand zum Gruß. Oh je dachte ich, dass kann ja was werden, wahrscheinlich hat die eine psychische Erkrankung und textet mich jetzt die ganze Fahrt zu. Na ja, der Umgang mit psychisch kranken Menschen war ich ja gewohnt von meiner täglichen Arbeit in der Werkstatt und spannend und interessant waren die Gespräche meistens ja auch und meine Zusatzausbildung zum *Systemischen Berater für die Arbeit mit psychisch Kranken*, war in meinem Job auch sehr hilfreich. Also legte ich schnell die anfängliche Skepsis ab und wartete gespannt auf ihren nächsten Worte, die auch nicht lange auf sich warten ließen. „Deine Fähigkeiten sind größer, als ich erwartet habe, ich kann es deutlich spüren", dabei sah sie mir, fast wie besessen, in die Augen. „Welche Fähigkeiten meinen Sie?", gab ich ihr als Frage zurück. „Ich glaube Du wirst unterbewusst schon lange wissen, was ich damit meine und bald wirst Du es auch an deine Oberfläche lassen und bitte lass das blöde Sie. Ich bin Diana, dass sagte ich ja bereits mein Freund", kam es als Antwort von ihr, alles in einem sehr eindringlichen Ton mit ihrer tiefen rauchigen Stimme. Außer einem „Okay", brachte ich nichts hervor und eine leichte Gänsehaut überzog langsam meinen ganzen Körper. Nach einer kurzen Redepause, in der wir uns beide tief in die Augen blickten, setzten wir unser Gespräch fort. Den weiteren Verlauf des Gesprächs würde ich als normal bezeichnen, in dem wir uns gegenseitig unsere Lebensgeschichten erzählten. Von Diana erfuhr ich, dass sie in Frankfurt aufgewachsen ist und nach einem abgebrochenen Medizinstudium eine Ausbildung zur Krankenschwester absolviert hatte. Nach einem schweren Autounfall, bei dem auch ihr Mann ums Leben gekommen war und sie ein Nahtoderlebnis hatte, entschloss sie sich zu einer Ausbildung als Heilpraktikerin und Shamanin, die sie zuerst nach Russland und Nordamerika und dann nach München geführt hatte. Dort hatte sie jetzt schon seit über zwanzig Jahren eine eigene Praxis, in der sie mit unterschiedlichen Heilmethoden arbeitete. Durch ihre außergewöhnlichen Erfolge im Kampf gegen die unterschiedlichsten Krankheiten, war sie mittlerweile auch außerhalb von Deutschland bekannt und viele Patienten kamen aus anderen Ländern angereist, um sich von ihr behandeln zu lassen. Als ich sie auf Benjamin ansprach, schaute sie mich lächelnd an und sagte: „Benjamin ist ein ganz außergewöhnlicher Mann, Du kannst dich wirklich glücklich schätzen. Ich selbst habe einen Teil meiner Ausbildung bei ihm machen dürfen, durch ihn wurden meine Fähigkeiten erweckt. Aber deshalb bist ja auch Du hier!". Das verstand ich jetzt dann doch wieder nicht, aber ich ließ es einfach so stehen.

Durch die interessante Unterhaltung mit Diana verging die Zeit wie im Flug und wir erreichten pünktlich den Hauptbahnhof in München. Diana begleitete mich noch bis zur Straßenbahnhaltestelle und sie verabschiedete sich dann mit einer kräftigen Umarmung von mir. „Wir werden uns bald noch einmal wiedersehen mein Freund, bis dahin wünsche ich Dir viel Spaß und pass gut auf Dich auf, aber alles wird sich schon fügen!", und wieder sprach sie in Rätseln, die ich später verstehen sollte.

Meine Pension lag direkt gegenüber der Theresienwiese und von dort zur Schule von Benjamin waren es nur ca. fünf Gehminuten. Ich checkte zunächst im Hotel ein und vermeldete Maria meine Ankunft per SMS. Eigentlich sollte sie ja mitkommen nach München, aber sie konnte aus beruflichen Gründen nicht mit mir anreisen, wollte aber sobald sie sich frei machen konnte zu mir nachkommen. Sie fehlte mir schon jetzt, aber das Programm was auf mich wartete, würde mich schon ablenken. Zweifelsohne, dass tat es dann auch.

Die Tür des Hauses in dem die Schule ihre Räumlichkeiten hatte war nur angelehnt und so konnte ich ohne zu klingeln eintreten und über das Treppenhaus in den 2. Stock gelangen. An der Tür zum Eingang der Schule hing ein Hinweisschild mit der Aufschrift

„Willkommen in Frieden". Auch diese Tür war nur angelehnt und so betrat ich neugierig die Schule von Benjamin. Im Vorraum saß eine junge , etwas kräftigere Dame und ich meldete mich bei ihr an. „Benjamin erwartet Dich schon, geh den Gang nach vorne und dann rechts in den großen Trainingsraum, Deine Schuhe kannst Du dort vor der Tür ausziehen und abstellen", sagte sie mir in freundlichem Ton und so als würde sie mich schon lange kennen. Ich befolgte ihre Anweisung und betrat dann den großen Trainingsraum. In dem Raum waren zirka zwanzig Männer und Frauen unterschiedlichsten Alters, ein Mann stach für mich sofort heraus, nur das konnte Benjamin sein. Ich hatte zwar vorher noch kein Foto von ihm gesehen, aber ich wusste sofort das er es war. Er hatte kurzes, grau meliertes Haar und einen Dreitagebart. Seine Figur wirkte athletisch und seine Augen funkelten, ein Auge war braun und das andere grün. Noch bevor ich etwas sagen konnte, begrüßte er mich „Komm zu uns mein Freund, schön Dich zu sehen. Mach einfach mit, wir arbeiten gerade an unserer Verwurzelung, aber das kennst Du bestimmt schon von Jack". Natürlich wusste ich was er meinte, Energie sinken lassen und in einer statischen Position, *Stehen wie ein Baum*, tiefe Wurzeln in den Boden wachsen lassen. Viele Stunden hatte ich das in den letzten Jahren meiner Ausbildung geübt und es war Teil meines täglichen Qi Gong Trainings. Nach ca. einer viertel Stunde ging Benjamin zu jedem einzelnen und überprüfte die Standfestigkeit und Verwurzelung. In Puncto Standfestigkeit konnten alle der anwesenden, bereits fortgeschrittene Schüler, den Tests von Benjamin standhalten. Bezüglich der Verwurzelung allerdings nicht, alle hüpften wie Gummibälle durch den Raum solange Benjamin sie an der Schulter berührte, nahm er seine Hand wieder weg, standen sie wieder still. Ich kam als letzter an die Reihe, Benjamins Energie war schon zu spüren bevor er mich berührte. Den Test bezüglich der Standfestigkeit ließ er bei mir weg und er legte direkt eine Hand auf meine Schulter. Wie durch einen heftigen Stromschlag durchzog es meinen ganzen Körper und in meinem Kopf spürte ich ein kräftiges knacken, danach fühlte ich sofort eine bisher nie erlebte Entspannung und ein Gefühl von Freiheit. Zum Hüpfen brachte Benjamin mich nicht, wobei ich mir bis heute nicht sicher bin, ob er das überhaupt wollte. Nach Ende des Trainings mit der Gruppe lud mich Benjamin in sein Büro ein, wir tranken grünen Tee und ich musste ihm über Jack und meine Ausbildung bei ihm berichten. „Ich bin froh das Jack Dich zu mir geschickt hat. Ich werde Dich lehren und Du kannst das Wissen dann an andere Schüler weitergeben. Du hast auch die Gabe zu Lehren und Menschen für Qi Gong zu begeistern, diese Fähigkeiten musst Du unbedingt nutzen", fast klangen die Worte von Benjamin wie Befehle, aber irgendwie wusste ich, dass er damit Recht hatte. „Deine besonderen Fähigkeiten werden auch noch weiter wachsen und diese sollst Du auch immer nur für das Gute einsetzen, mit dem Herzen, mit Liebe. Liebe ist die größte Kraft, die Qi am stärksten entfacht und lenkt", bei diesen Worten brannte Leidenschaft in den Augen von Benjamin und dieser Funke sprang auch auf mich über. Mir wurde im wahrsten Sinne des Wortes warm ums

Herz und ich begriff etwas, was ich eigentlich schon lange wusste.

Im weiteren Gespräch philosophierten wir über das Gute und das Schlechte in der Welt und den Einfluss von Glauben und Politik auf den Frieden und die Freiheit in der Welt. „Hast Du eine Religion, glaubst Du an einen Gott?", fragte Benjamin nachdem er mir sagte, dass er als Jude erzogen wurde, aber durch seinen Qi Gong Meister in Japan andere Glaubensrichtungen kennengelernt hatte. Nach kurzem Innehalten erwiderte ich ihm: „Ich wurde zwar als Christ erzogen, aber an einen Gott wie ihn die Bibel lehrt glaube ich nicht. Meine Definition ist eher diese:

Gott ist in allen Menschen
Gott ist in allen Tieren
Gott ist in allen Pflanzen
Gott ist in allen Dingen
Gott ist das was alles mit allem verbindet ".

„Das ist sehr weise mein Freund, Du hast das wesentliche der Lebenskunst und der Zusammenhänge im Universum verstanden", dabei nickte er mir andächtig zu.

„Körper, Geist und Seele musst Du vereinen, dann kannst Du dich mit allem verbinden. Das ist der Weg!", waren seine abschließenden Worte, bei denen er seine Hand auf meine Schulter legte und mir dabei tief in die Augen blickte.

Danach verabredeten wir uns für den nächsten Morgen, 6 Uhr im nahegelegenen Park.

65

Den Tag begann Benjamin dort oft mit einer Stunde Qi Gong und Tai Chi Chuan, um dann nach dem Frühstück in seine Schule zu gehen. An diesem Abend in meiner Pension wusste ich, dass etwas besonderes an diesem Tag passiert war und nach einem kurzen Telefongespräch mit Maria fiel ich müde, aber sehr entspannt in einen tiefen Schlaf. In dieser Nacht träumte ich von Jack, er wollte wissen wie der Tag verlaufen war und ich erzählte ihm jede Kleinigkeit. Merkwürdigerweise träumte ich auch in den darauffolgenden Nächten von Jack und immer wieder musste ich ihm im Traum berichten wie der Tag verlaufen war. Hatte er sich etwa in meine Träume eingeschlichen, um mit mir über die Ferne zu kommunizieren? Ich machte mir aber keine großen Gedanken darüber, ich hatte ja schon so einiges unerklärliches mit ihm erlebt und irgendwie fühlte ich mich ja auch gut dabei, dass er bei mir war.

DIE SONNE SCHEINT IMMER, AUCH DANN WENN WIR SIE NICHT SEHEN KÖNNEN.

Weisheiten & Hypothesen
Oliver Haag

Nach einer ausgiebigen Stunde Qi Gong und Tai Chi Chuan, in der Benjamin mir zu jeder Qi Gong Übung und jeder Position den medizinischen Nutzen für den Körper erklärte, gingen wir gemeinsam frühstücken.

Tai Chi Chuan ist in seiner wahren authentischen Form keine reine Entspannungsübung. Dieser mittlerweile weit verbreitete Ansatz ist trotzdem generell positiv zu sehen, denn Entspannung ist der Schlüssel in vielerlei Hinsicht.

Wahres Tai Chi Chuan erzeugt innere Kraft und wird von dieser Kraft erfüllt, diese auch nach außen wirkende Kraft umgibt den Praktizierenden, mit zunehmender Praxis, mehr und mehr. Dabei handelt es sich nicht um eine rein körperliche bzw. muskuläre Kraft, sondern um das feinstoffliche elektromagnetische Kraftfeld im und um den Körper.

Der Praktizierende führt die Bewegungen innerhalb seines Kraftfeldes, welches durch den Energie Auf- und Abwärtsstrom im Körper gespeist und geformt wird. Die Energie (Qi) wird mittels der Willenskraft (Vorstellungskraft) in den fließenden Bewegungen geführt, Körper und Geist werden vereint. Alle Körperteile werden miteinander verbunden, von Position zu Position bleibt die innere Kraft ununterbrochen.

Alle authentischen Tai Chi Chuan Stile nutzen Qi Gong Übungen zum Aufbauen und Etablieren des Kraftfeldes, hier sind die Standübungen des Zhan Zhuang Chi Kung

(Stehen wie ein Pfahl Qi Gong) die effektivsten Positionen des Qi Gong.

Auch Benjamin war es wichtig, dass wir während des Frühstücks nicht redeten und uns nur auf das Essen konzentrierten. Sofort danach fütterte er mich wieder mit Informationen und ich verfolgte interessiert seinen Ausführungen. Das Wissen dieses Mannes war wirklich beeindruckend und man spürte seine Leidenschaft für die Erforschung gesundheitlicher Aspekte und die Anwendung und Wirkung manueller Techniken auf den menschlichen Körper.

Ein ihm wichtiges und zentrales Thema, welches auch im Qi Gong schon lange als Basis für die Gesunderhaltung des Körpers galt, war die Funktionsweise und Stärkung des *Craniosacralen Systems.*

Das craniosacrale System, auch als Schädel-Kreuzbeinpumpe bezeichnet, ist ein System in dem unsere Hirn- uns Rückenmarksflüssigkeit (Liquor Cerebrosbinalis) rythmisch zirkuliert. Sie zirkuliert im Innenraum des Schädels, eingehüllt von der Hirnhaut. Die Hirnhaut (Dura Mater) setzt sich als Schlauch (Duralschlauch) in unserer Wirbelsäule bis zum Kreuzbein fort, hier umhüllt sie unser Rückenmark. Der Liquor schützt Gehirn und Rückenmark und versorgt diese mit notwendigen Nährstoffen. 6-12 mal pro Minute pulsiert er in diesem System, dass unser zentrales Nervensystem beherbergt.

Fließt der Liquor ungehindert, so unterstützt er alle Körpersysteme und harmonisiert den gesamten Organismus.

Die rythmische Bewegung läuft in 2 Richtungen ab, vom Schädel (Cranium) zum Kreuzbein (Sacrum) und von dort wieder zurück zum Schädel. Mit der Bewegung vom Kreuzbein zum Schädel wird der Schädel stärker mit Flüssigkeit gefüllt und die Schädelknochen bewegen sich leicht, in einer Flexionsbewegung, nach außen. Die Arme und Beine machen gleichzeitig eine leichte Außenrotation, die Wirbelsäule wird etwas gerader. In der Flussrichtung vom Schädel zum Kreuzbein verlaufen diese Bewegungen als Extensionsbewegung dann entsprechend entgegengesetzt. Unsere Einatmung unterstützt die Flexionsbewegung und die Ausatmung die Extensionsbewegung.

Techniken, die mit dem craniosakralen Rhythmus arbeiten, haben im Qi Gong eine lange Tradition. Man erkannte die Wichtigkeit eines ungestörten harmonischen craniosakralen Rhythmus und dessen Nutzen für einen gut funktionierenden Organismus. Sie wurden allerdings als gut gehütetes Geheimnis entsprechend Geheim gehalten.

Ein bewegliches Becken und eine bewegliche Wirbelsäule sind essenziell für den gesamten Energiefluss im Körper.

Die Lage des Gehirns im Schädel beeinflusst das Funktionieren des flüssigen Systems. Eine asymetrische Lage versucht der Körper durch Kompensationen in seinen Haltungs- und Bewegungsmustern auszugleichen. Entsprechend sind dann Zugspannungen im ganzen Körper ausgebildet. Der Körper versucht sich damit zu regulieren, um die asymetrische Lage des Gehirns und die Folge auf das craniosacrale System zu kompensieren. Diese Regulierungsprozesse stören und beeinflussen unseren gesamten Körper und Energiehaushalt.

Mit geeigneten Testverfahren können Zugspannungen im Körper erkannt werden und mit entsprechenden Qi Gong Techniken unterstützend beeinflusst werden. Diese Testverfahren und die unterstützenden Qi Gong Techniken waren auch immer Bestandteil in Benjamins Ausbildungskursen, an denen ich zusätzlich zu dem Einzelunterricht teilnahm.

Damit wurden mir auch wieder weitere Zusammenhänge klar, die ich bis dahin durch die Ausführung der unterschiedlichen Qi Gong Übungen nicht erkannt hatte.

An den Abenden hatte ich meist ab 19.00 Uhr frei und nachdem ich mich in meiner Pension jeweils kurz ausruhte, ging ich in die Stadt zum Essen und um die Stadt kennenzulernen.

Eines Abends, nachdem ich gerade mit dem Essen fertig war und begann über den Marienplatz zu schlendern, stand plötzlich Diana vor mir und begrüßte mich: „Hallo mein Freund, ich sagte Dir ja, dass wir uns bald wiedersehen" und sie umarmte mich herzlich. Überrascht, aber auch froh sie wiederzusehen erwiderte ich ihre Begrüßung: „Wie schön Dich zu sehen, lass uns etwas unternehmen, dann muss ich nicht alleine durch diese schöne Stadt schlendern".

„Deshalb bin ich hier mein Freund", antwortete sie und wirkte dabei für einen kurzen Moment irgendwie unsicher und angespannt. Doch dieser Eindruck verflog dann auch wieder sehr schnell und wir unterhielten uns beim Schlendern angeregt miteinander. Ich erzählte ihr von meiner ersten Woche mit Benjamin und was ich alles schon erfahren und erlernt hatte. Nachdem wir eine Runde auf dem Marienplatz gedreht hatten, schlug Diana vor einen Abstecher nach Schwabing zu machen, um dort ihre Stammkneipe zu besuchen. Sie schwärmte von dem dort angebotenen Bier, gebraut mit Zutaten aus rein biologischem Anbau und unfiltriert. Da ich auch gerne ab und zu ein gutes Bier trank, brauchte sie mich nicht zu dem Vorhaben zu überreden und ich stimmte wohlwollend ihrem Vorschlag ein. „Wir gehen zur nächsten U-Bahn Haltestelle und fahren mit der U-Bahn, es ist nicht weit", sagte sie und hakte sich bei mir ein. Nach ein paar Minuten hatten wir die Haltestelle erreicht und wir nahmen die Treppe nach unten, die zu den unterirdischen Gleisen führte. Der Bahnsteig an den Gleisen Richtung Schwabing war nur durch ein paar einzelne Menschen belebt und es roch wie es auf allen Bahnsteigen in den Großstädten riecht, so zumindest hatte ich immer das Empfinden, wenn ich auf Bahnsteigen in irgendwelchen Städten stand.

DER KEIM DER LIEBE IST IN UNS ALLEN. NÄHRE IHN UND ER WIRD WACHSEN.

Weisheiten & Hypothesen
Oliver Haag

Der Bahnsteig auf der gegenüberliegenden Seite schien leer zu sein, scheinbar wollte keiner in die andere Richtung fahren. Doch plötzlich sahen wir wie dort ein junger afrikanischer Mann die Treppen, gefolgt von drei hellhäutigen Männern, herunterrannte auf den Bahnsteig. Dort wurde er schnell von einem seiner Verfolger eingeholt und zu Boden geworfen. Der junge Afrikaner schrie angsterfüllt etwas in seiner Sprache und schon waren auch die beiden anderen Verfolger bei ihm angelangt. Sogleich begannen alle drei auf den wehrlosen, am Boden liegenden mit ihren Füßen einzutreten. „Du schwarzes Stück Scheiße, hier hast Du was Du verdienst, verpiss Dich und mach Dich wieder zurück in den Urwald wo Du herkommst", dass waren die Worte, die laut hallend und verächtlich zu hören waren. Der am Boden liegende Schrie vor Schmerzen und seine drei Peiniger traten abwechselnd mit kräftigen Tritten auf das zusammengekauerte Bündel Mensch ein. „Hört auf, lasst ihn sofort in Ruhe, ihr bringt ihn ja um", hörte ich mich aufschreien und wie durch eine, von außen gesteuerte Kraft, begann ich loszurennen. Ich sprang mit einem beherzten Satz hinunter ins Gleisbett und Sekunden später hatte ich den gegenüberliegenden Bahnsteig erklommen. „Hört sofort auf ihr hirnlosen Idioten", kam es aus meinem Munde heraus gebrüllt. Damit hatte ich die Aufmerksamkeit der drei auf mich gezogen und sie ließen ab von ihrem wehrlosen Opfer. „Wer bist Du denn, Negerfreund? Ich mach Dich kalt, Du Verräter!", schrie einer der drei mich an und zückte ein Klappmesser aus seiner Gesäßtasche. Die drei kamen mit schnellen Schritten auf mich zu und ich sah wie die Klinge des Messers in der Hand des Wortführers aufklappte. Ich stand still und abwartend in festem Stand, alle Muskeln locker und doch bereit im richtigen Moment zu reagieren. Der Wahnsinnige mit dem Messer sprang mit seinem vorgehaltenen Messer auf mich zu, bereit mich mit dem Messer zu töten. Mit einer kurzen Bewegung zur Seite wich ich dem Angreifer aus und dabei schlug ich ihm zugleich mit der flachen Hand blitzartig gegen die Schläfe seines Kopfes. Von dem

Schlag getroffen sank er auf seine Knie und kurz darauf brach er zusammen und sein Körper fiel zu Boden. Während dessen war einer der Angreifer in meinen Rücken gelangt und versuchte mich von hinten zu attackieren. Zu sehen brauchte ich ihn nicht, meine Sinne waren so geschärft, ich konnte spüren was er tat. Wieder wich ich durch eine schnelle kurze Bewegung aus und durch einen Stoß mit meiner rechten Hand beschleunigte ich ihn in seiner Vorwärtsbewegung. Bodenkontakt verloren, hob er ab und flog über den Bahnsteig hinunter ins Gleisbett. Dumpf schlug er mit einem lauten Schrei im Schotter auf und blieb dann leblos dort liegen. Der dritte der Angreifer ergriff die Flucht und rannte Richtung Treppe, doch diese erreichte er nicht, zumindest nicht auf seinen Füßen. Ich hob die linke Hand und führte eine schnelle Bewegung mit dem Arm in Richtung des Flüchtenden aus, so als würde ich einen Ball nach ihm werfen. Der imaginäre Ball traf ihn am Hinterkopf und stoppte ihn abrupt in seiner Bewegung. Kurz darauf brach auch er zusammen und sein Körper landete unsanft auf dem harten Beton unmittelbar vor der Treppe, wo auch er wie leblos liegen blieb.

In der Zwischenzeit war auch Diana am Ort des Geschehens angelangt und versorgte den am Boden liegenden Afrikaner. Er blutete aus Mund und Nase und er stöhnte vor Schmerzen. „Kann jemand bitte einen Krankenwagen und die Polizei rufen!", rief ich in Richtung der Zuschauer des gerade stattgefundenen Szenarios. Danach lief ich schnell zu Diana und dem schwerverletzten Opfer. Ich legte meine rechte Hand auf seinen Bauch und er hörte auf zu stöhnen und seine Muskeln im Körper entspannten sich.

Innerhalb weniger Minuten waren die Hilfskräfte herbeigeeilt und übernahmen die Versorgung des jungen Afrikaners. Die Polizei konnte die drei Angreifer, nach deren Aufwachphase festnehmen und in Handschellen abführen. Alle drei waren, bis auf ein paar kleine Schürfwunden, unversehrt. Nach einer kurzen Befragung zu den Geschehnissen und der Aufforderung am nächsten Tag ins Polizeipräsidium zu weiteren Befragungen zu kommen, konnten Diana und ich unser eigentliches Abendprogramm fortsetzen. Wir waren beide noch gefangen in den Gedanken zu dem was sich noch Minuten vorher abgespielt hatte und wir warteten schweigend auf die nächste U-Bahn nach Schwabing. In der Bahn saßen wir nebeneinander, weiter schweigend. Diana lehnte ihren Wuschelkopf an meine Schulter und schloss die Augen. Mir wurde langsam bewusst was sich abgespielt hatte und welche Fähigkeiten in mir geweckt waren. Die letzten Jahre der intensiven Energiearbeit hatten sich wohl ausgezahlt, ich hatte einem Menschen wahrscheinlich dadurch sein Leben retten können und die drei Täter waren auch, bis auf die paar Schürfwunden, unversehrt. Was würde wohl Jack dazu sagen und Maria, in diesem Moment vermisste ich sie beide. Doch das Gefühl wich schnell dem Gefühl von Liebe, denn tief in meinem Herzen spürte ich das starke Band, welches mich mit ihnen verband.

Am U-Bahnhof Münchner Freiheit stiegen wir aus, unser Ziel war die Stammkneipe von Diana. Nach ca. zehn Minuten zu Fuß hatten wir das Lokal erreicht und Diana wurde freudig von der Frau hinter der Theke begrüßt: „Schön das Du noch kommst, zwei Halbe für Euch, dunkel?". „Klar Rosi, dass passt.", antwortete Diana mit einem Nicken und ging mir voraus bis zu einem Tisch in der Ecke des Gastraums an dem wir uns auf den rustikalen Stühlen niederließen. „Deine Fähigkeiten sind wirklich außergewöhnlich und die Prüfung die Dir das Leben heute gestellt hat, hast Du wahrlich gemeistert mein Freund. Darauf lass uns mit einem leckeren Bier anstoßen!", waren Dianas ersten Worte an diesem Abend in der Kneipe. Im Verlauf des Abends folgten noch zwei weitere Biere, wir lauschten dem Mann am Klavier und in den Pausen unterhielten wir uns so wie Freunde, die sich schon viele Jahre zu kennen schienen. Schon erstaunlich, aber das gemeinsame Erlebnis hatte uns irgendwie zusammengeschweißt. Gegen 23.00 Uhr verabschiedeten wir uns dann vor dem Lokal und ich stieg in das zuvor bestellte Taxi. Am nächsten Tag wollten wir uns dann um 10.00 Uhr im Polizeipräsidium wieder treffen, um unsere Aussagen zu machen.

OFTMALS SUCHEN MENSCHEN DEN KONTAKT, WENN SIE ETWAS VON DIR BRAUCHEN, ODER SICH EINEN VORTEIL FÜR SICH ERHOFFEN. DAS IST SCHADE, ABER AUCH OKAY. ALLE KONTAKTE SIND WERTVOLL UND EINE BEREICHERUNG IN DEINEM LEBENSMOSAIK.

Weisheiten & Hypothesen
Oliver Haag

Auch in dieser Nacht schlief ich schnell und tief ein, wieder berichtete ich Jack von den Erlebnissen des Tages, besonders von dem Vorfall auf dem Bahnsteig.

Eine wichtige Botschaft gab er mir in diesem Traum mit auf den Weg: „Nutze Deine besonderen Fähigkeiten nur um Dich und andere zu schützen, nicht für Kunststücke um anderen zu imponieren und Dein Ego zu befriedigen, oder gar um anderen zu Schaden!". Aber in diesem Punkt konnte ich ihn beruhigen, als Held fühlte ich mich nicht und ich wollte auch keiner sein. Ich sah mich eher als Mönch und Krieger. Eher still und zurückhaltend mit dem Glauben an das Gute und auf der anderen Seite bereit zum Kampf gegen Ungerechtigkeit und das Böse. Beides, wenn erforderlich, Mönch oder Krieger mit Leidenschaft.

Am nächsten Morgen machte ich mich, nach dem Training im Park und einem ausgiebigen Frühstück mit Benjamin, auf den Weg zum Polizeipräsidium. Diana wartete bereits vor dem Eingang und wir gingen nach einer kurzen Begrüßung gemeinsam hinein. Wir meldeten uns in der kleinen Eingangshalle am Empfang und wurden dann von dem dort stehenden Polizisten mit den Worten: „Sie werden schon erwartet! 2.Stock, Zimmer 7 zu Hauptkommissar Eder". Er deutete auf den Fahrstuhl und wir folgten seiner Weisung. Angekommen im 2. Stock betraten wir dann das Büro von Hauptkommissar Eder. „Da sind Sie ja, Sie Held und ihre Gefährtin haben Sie auch mitgebracht, sehr schön. Nehmen Sie Platz!", begrüßte uns der dickliche kleine Mann in seiner wohl etwas zu klein gewordenen Polizeiuniform. „Wie zum Teufel haben Sie das gemacht? Wir haben uns die Aufzeichnungen der Überwachungskameras vom Bahnsteig schon mehrfach angesehen und können uns das ganze nicht erklären", dabei zeigte er auf den Bildschirm der vor ihm auf dem Schreibtisch stand. Danach drehte er den Bildschirm und zeigte uns das Video der Überwachungskamera. Auch für mich wirkte das ganze befremdlich, obwohl ich ja einer der Akteure in dem Szenario war. „Erklären kann ich Ihnen das auch nicht, Sie würden das auch nicht verstehen, aber letzten Endes ist das auch nicht wichtig. Wichtig ist die Tatsache, dass dem jungen Mann geholfen wurde!", gab ich als Antwort, nachdem das Video zu Ende war und er den Bildschirm wieder zu sich drehte. Er schüttelte fragend seinen Kopf und begann mit der Vernehmung. Wir mussten ihm alle Einzelheiten zu dem Vorfall schildern und auch die Gründe warum wir uns überhaupt auf dem Bahnsteig aufgehalten hatten. Für mich war es wichtig zu erfahren wie es dem jungen Afrikaner geht und ob man noch irgendetwas für ihn tun könnte. Dazu konnte Hauptkommissar Eder allerdings nichts sagen, aber er wusste in welches Krankenhaus man ihn gebracht hatte. Für mich war klar, dass ich ihn besuchen würde, um nach ihm zu sehen.

Nachdem wir den Wissensdurst des Hauptkommissars gestillt hatten verließen wir sein Büro und im Gang standen mehrere seiner Kolleginnen und Kollegen und starrten uns beim Vorübergehen fragend an. Wahrscheinlich hatten sie alle die Aufzeichnungen auf dem Video gesehen und wahrscheinlich fragten sie sich auch, wie das dort Gesehene zu erklären sei.

Energie folgt der Vorstellungskraft

Qi Gong Prinzip

Vor dem Polizeipräsidium verabschiedete Diana sich von mir, an diesem Tag warteten wieder einige weitgereiste Patienten auf ihre Hilfe und ich wollte auch zurück zu Benjamin, um mit meinem kleinem Studium bei ihm fortzufahren. „Melde Dich, wenn Maria in der Stadt bei Dir ist, Du musst sie mir unbedingt vorstellen, meine Nummer hast Du ja", waren ihre Worte bevor wir nach einen langen Umarmung auseinandergingen.

BEI ALL DEN 'BAD NEWS' UND KONTROVERSEN MEINUNGEN, ERKENNTNISSEN EMPFEHLUNGEN UND AUSSAGEN SOLLTEN WIR DENNOCH ZUSAMMENHALTEN. AUCH WENN DAS BISWEILEN SCHWERFALLEN KANN.

Weisheiten & Hypothesen
Oliver Haag

Maria hatte ich von dem Vorfall noch nichts berichtet und ich erzählte ihr auch erst davon, nachdem sie in München bei mir angekommen war.

Benjamin hatte ich von dem Ereignis mit den drei Angreifern schon am Morgen beim gemeinsamen Frühstück berichtet, aber es schien ihn nicht besonders zu überraschen. „Mein Freund, Du wirst noch einigen Prüfungen in deinem Leben begegnen und mit Deiner Liebe im Herzen wirst Du sie auch alle bestehen, *den Liebe ist der Schlüssel zur Kraft die alles antreibt"*, dass waren die Worte dieses wahrlich weisen Mannes.

An diesem Nachmittag beschäftigten wir uns mit dem Thema Stille und wie Bedeutsam dieser Zustand für die Seele ist. Die Seele braucht hin und wieder die nötige Stille, um die Balance von Körper und Geist zu erhalten bzw. wieder herzustellen.

In unserer rastlosen Gesellschaft, verflüchtigt sich immer mehr das Innehalten und das Bedürfnis von Stille wird oft verdrängt. Stressige Arbeitsbedingungen, Verpflichtungen und Sachzwänge lassen keinen Raum für Stille und Besinnung, die Folgen sind körperliche und psychische Erschöpfung. Der Mensch fühlt sich ausgebrannt und leer, man leidet unter dem Burnout-Syndrom. Das bewusste Wahrnehmen und Erkennen von Irrwegen und Überforderungsspiralen verlernt, den Lebenssinn falsch definiert. Eine Gewisse Zeit hält man das aus, bis die Seele dem Körper und der Psyche Befehle erteilt, zwingt notwendige Schritte zur Gesundung zu unternehmen.
Ein Abtauchen in die Stille und der achtsame Blick auf sich und sein Tun, ist nicht nur hilfreich, sondern unabdingbar. Nur so kann man sich lösen von all dem

negativen Stress, der wie ein zerstörerisches Bollwerk auf uns einhämmert. Zeitnehmen, um zu erkennen welche Faktoren und welches Handeln mich in den Zustand der schweren Last bis zur Erschöpfung geführt haben, wieder Mut haben zur Eigenverantwortung für die eigene Gesundheit, achtgeben auf die eigenen Befindlichkeiten.

Dazu muss der Geist zur Ruhe kommen, um die notwendigen Veränderungsprozesse anzustoßen. Keine einfache Sache, leben wir doch in einer Welt voller Dauerbeanspruchung und Dauerberieselung. Selbst in unserer Freizeit keine wirkliche Zeit von Ruhe. Handy, E-Mails, SMS, Fernsehen und all die schönen Dinge, die uns ablenken und zerstreuen, gar belasten und unsere innere Stimme verstummen lässt.

In der Stille kann unsere innere Stimme wieder hörbar werden und aufschreien gegen Beschleunigung, Fremdbestimmung und selbstzerstörerischer Lebensweise. Wer die Stille entdeckt und ihre kraftvolle Wirkung erkennt, will sie nicht mehr missen. Sie ist die Chance zur Regeneration die den Zugang zur Seele erschließt und somit den Weg frei macht, den Weg zu sich selbst.

Leider hat der moderne Mensch weitgehend verlernt, die Möglichkeiten und die Kraft der Stille zu erkennen. Qi Gong ist eine sehr effektive Art sich wieder der Stille anzunähern und die Möglichkeiten und Kräfte, die darin stecken, wieder zu nutzen. Wer den Weg von Qi Gong geht, wird auch die Stille wiederfinden.

Die nächsten drei Tage verbrachten Benjamin und ich auf einer einsamen Berghütte unterhalb des Nebelhorns bei Oberstdorf. Hier war er regelmäßig mit Schülern und einmal im Jahr auch für eine Woche ganz alleine, um sich tief in seine innere Stille zu begeben.

In der absoluten Abgeschiedenheit und in der Ruhe der Berge, konnten wir die Stille erfahren. Wir redeten nur das notwendigste miteinander und genossen die Stille der Berge. Eine wunderbare Erfahrung, die meine Lust das regelmäßig zu wiederholen, weckte.

DAS LEBEN BESTEHT AUS PERMANENTEN VERÄNDERUNGEN, GROSSE UND KLEINE. AUCH DIE JEWEILS AKTUELLE NORMALITÄT MACHT DA KEINE AUSNAHME.

Weisheiten & Hypothesen
Oliver Haag

Nach unserer Rückkehr aus den Bergen, konnte ich endlich wieder Maria in meine Arme schließen. Ihr Zug kam spät um 22.55 Uhr aus Frankfurt und ich holte sie freudig vom Bahnsteig ab. Sie freute sich auf unsere gemeinsame Zeit in München und auf die lehrreichen Stunden mit Benjamin.

Am nächsten Morgen begannen wir den Tag gemeinsam im Park mit der täglichen Qi Gong und Tai Chi Einheit vor dem Frühstück. Maria war auch schon sehr gespannt Benjamin kennen zu lernen. In meinen Telefonaten mit ihr, hatte ich ja schon ausgiebig von ihm berichtet. Beide verstanden sich auf Anhieb, aber das hatte ich sowieso nicht anders erwartet und beim gemeinsamen Frühstück nach dem Training, war es so als wären wir drei schon seit vielen Jahren Freunde. Da wir auch über den Vorfall am U-Bahnsteig sprachen und Maria wissen wollte, wie ich die drei Angreifer kampfunfähig gemacht hätte, erklärte Benjamin uns den Begriff der *Inneren Kraft*.

Die *Innere Kraft* unterscheidet sich von der reinen physiologischen Muskelkraft, die durch die Energieleistung der Muskeln erzeugt wird. Je stärker der zu bewältigende Widerstand, desto größer ist die Anstrengung und die Energieleistung. *Innere Kraft* nutzt die geistige Unterstützung der Vorstellungskraft. Ohne geistige Unterstützung kann keine Handkante einen Ziegel durchschlagen und kein Körper kann einem Speer standhalten, der gegen ihn gedrückt wird, ohne die geistige Unterstützung. Qi Gong Übungen fördern den notwendigen verwurzelten Stand für die federnde Spannkraft der *Inneren Kraft* und die Entspannung. Entspannung ist dabei die wesentliche Voraussetzung zur Nutzung der *Inneren Kraft*.

Entscheidend, ob Innere Kraft entwickelt werden kann, ist, dass die Bewegungen vor der eigentlichen Ausführung gedanklich vorweg ausgeführt werden, dass aktiviert die *Innere Kraft*. Das führt dazu, dass bei der anschließenden realen Ausführung der Bewegung überhaupt keine physiologische Kraft angespannter Muskeln eingesetzt werden muss. Dennoch wird eine erstaunliche Kraft entwickelt, die in starke Bewegungen umgesetzt werden kann. Die geistige Unterstützung der Vorstellungskraft aktiviert ein bioelektromagnetisches Kraftfeld, welches in der Umsetzung als Kraft wirksam wird. Diese Kraft unterscheidet sich wesentlich von der rein physiologischen Muskelkraft angespannter Muskeln, oder der Schwungkraft, die durch Bewegung der Körpermasse kommt.

Nachdem Benjamin uns den Begriff und die Zusammenhänge erklärt hatte, fragte Maria mit einem Augenzwinkern skeptisch: „Ist das ganze nicht doch etwas zu esoterisch und Hokuspokus?".
„Dann wären die Ergebnisse aus den Forschungen der Quantenphysik auch esoterisch. Diese besagt unter anderem, dass Teilchen durch den Beobachter beeinflusst werden, oder das Teilchen die sich an zwei unterschiedlichen Orten befinden, auch über sehr große Entfernungen, trotzdem miteinander in Verbindung stehen können", gab ihr Benjamin als Antwort auf ihre Frage. Maria nickte ihm zögerlich, aber zustimmend zu.
„Du mein Freund hast mit Deinen Fähigkeiten in der Situation deine Innere Kraft aktiviert und dazu genutzt die Angreifer zu entwurzeln und auszuschalten. Das ist

natürlich für jeden Außenstehenden schwer zu verstehen, oder zu begreifen", gab uns Benjamin noch als Erklärung für mein Handeln auf dem U-Bahnsteig.

Die restliche Zeit in München stand dann für mich unter dem Motto Urlaub und Zeit mit Maria zu verbringen. Benjamin hatte mir signalisiert, dass seine Rolle, die Jack ihm zugedacht hatte, erfüllt sei und auch ich wusste das irgendwie. Ich hatte alles was er mir an Wissen angeboten hatte aufgesogen und ich war unendlich dankbar dafür ihn kennengelernt zu haben. Das ich ihn in jedem Fall wieder einmal besuchen würde stand für mich außer Frage.

Mit Diana verbrachten Maria und ich auch noch ein paar schöne gemeinsame Stunden in München und die entstandene Freundschaft pflegen wir auch noch heute durch regelmäßigen Kontakt.

FRÜHLING.
DAS LEBEN HAT
SO VIELE
FARBEN,
AUCH DIE NATUR WIRD
WIEDER MEHR
FARBENBRACHT
BRINGEN.
SCHÖN ZU WISSEN,
DASS ES IMMER
WIEDER
EINEN FRÜHLING
GIBT.

Weisheiten & Hypothesen
Oliver Haag

Mitte

Die Zeit der intensiven gemeinsamen Trainingseinheiten beendete Jack mit den Worten: „ Du bist jetzt soweit, dass Du dein eigenes Qi Gong entwickeln musst. Jeder Meister muss irgendwann seinen eigenen Weg gehen und sein eigenes Qi Gong entwickeln. Du hast jetzt alle Voraussetzungen dafür und die Zeit ist jetzt dafür gekommen. Keine Sorge mein Freund, ich schicke Dich nicht weg, wir werden uns auch weiterhin regelmäßig sehen und noch vieles gemeinsam erleben, aber entwickle Dich und dein Qi Gong fortan selbst. Es kommt von innen und Du wirst nach innen gehen, alles wird sich entwickeln". Na ja, so ganz konnte ich das noch nicht verstehen was er damit meinte, aber da ich wusste, dass ich ihm vertrauen konnte, machte ich mir darüber keine großen Gedanken.

Mein eigenes Training widmete ich fortan hauptsächlich den statischen Übungen des *Zhan Zhuang* Chi Kung und des Entwickelns und Praktizierens einer einfachen, freien und stilübergreifenden Kurzform (**Golden Ball Circle**) des Tai Chi Chuan, um meine *Innere Kraft* weiter aufzubauen. Zu dem lehrte mich Jack auch regelmäßig in weiteren Stilen des Qi Gong und Tai Chi Chuan.

Im Tai Chi haben sich verschiedene unterschiedliche Stile entwickelt die sich in ihrer Ausführung, den einzelnen Bewegungen und in der Anzahl der aneinander gereihten Figuren teilweise stark unterscheiden.

Tai Chi Chuan ist in seiner wahren authentischen Form keine reine Entspannungsübung. Dieser mittlerweile weit verbreitete Ansatz ist trotzdem generell positiv zu sehen, denn **Entspannung** ist der Schlüssel in vielerlei Hinsicht.

Der Kern und die Essenz, um **Innere Kraft** zu erzeugen, ist allerdings nicht an eine stilgetreue Form gebunden, sondern kann auch in freien Kurzformen praktiziert bzw. erlangt werden.

Wahres Tai Chi Chuan erzeugt **Innere Kraft** und wird von dieser Kraft erfüllt, diese auch nach außen wirkende Kraft umgibt den Praktizierenden, mit zunehmender Praxis, mehr und mehr. Dabei handelt es sich nicht um eine rein körperliche bzw. muskuläre Kraft, sondern um das feinstoffliche elektromagnetische Kraftfeld im und um den Körper.

Der Praktizierende führt die Bewegungen innerhalb seines **Kraftfeldes**, welches durch den Energie Auf- und Abwärtsstrom im Körper gespeist und geformt wird. Die Energie wird mittels der **Willenskraft** (Vorstellungskraft) in den fließenden Bewegungen geführt.

Wichtigste Grundsätze sind das Etablieren und das interne Bewegen der Energie im Körper! Hier spielen die Begriffe **Sinken** (Loslassen, Entspannen, Fußsohlen haften am Boden und wir verwurzeln) und **Voll und Leer** (Energie aufnehmen, Energie verdichten, Energie abgeben) eine zentrale Rolle.

Unsere *Mitte* ist lokalisiert im *Dantien* (zwei Finger breit unter dem Bauchnabel), all unsere inneren und äußeren Bewegungen starten von hier und alles korrespondiert mit dieser unserer Mitte. Wir sammeln Energie in unser Dantien und bewegen diese in einem fortwährenden Energieverlauf in unserem Körper.

Alle authentischen Tai Chi Chuan Stile nutzen meist auch Qi Gong Übungen zum Aufbauen und Etablieren des Kraftfeldes, hier sind die Standübungen des *Zhan Zhuang Chi Kung* (Stehen wie ein Pfahl Qi Gong) das effektivste System des Qi Gong.

Wichtig war mir auch immer mein Wissen und meine Erfahrungen an andere weiterzugeben. Zusätzlich zu dem Qi Gong Kurs, den ich von Jack übernommen hatte, gab ich auch an zwei Abenden in der Woche Kurse in einer Rehaklinik in Bad Nauheim. Hier hatte ich es hauptsächlich mit Menschen zu tun, die stressgeplagt und ausgebrannt wieder ihre Mitte finden wollten. Die Bedeutung der Mitte wurde mir auch erst im Laufe meines Qi Gong Weges richtig bewusst.
Es machte Spaß zusammen mit dem behandelten Ärzteteam zusammenzuarbeiten und Qi Gong als zusätzliche begleitende Maßnahme den Patienten in der Klinik anzubieten.
In meinen Kursen wurde ich immer wieder gefragt was den die "Innere Mitte" bedeutet. Ich versuchte es immer folgendermaßen zu erklären:
„Innere Mitte bedeutet einen inneren Zustand der Neutralität (Superposition, Begriff der auch in der

Quantenphysik verwendet wird) einzunehmen, also ein non-polarer Zustand. Wir konzentrieren uns auf unser Dantien (Energiezentrum unterhalb des Bauchnabels) und handeln und bewegen uns von dort heraus, sowohl physisch als auch geistig. Die Kraft die uns antreibt sollte dort gebündelt werden und von da heraus erfolgen, unser Geist ist nur die lenkende Steuereinheit.

Aus unserer Mitte geraten wir immer wieder durch Stress und das Fokussieren auf Gedanken, diese bündeln all unsere Energie im Kopf und das trennt uns von unserem Körper und somit auch von unserer Ganzheit. Innere Mitte ist also ein Zustand von Neutralität und des Bewusstseins von Körper und Geist als Ganzes, als ICH. Die klassische Position der Mitte im Qi Gong ist die statische Wuji-Position aus dem *Zhan Zhuang* Chi Kung, diese sollte auch immer Bestandteil eines Qi Gong Trainings sein. Qi Gong kann uns zur inneren Mitte führen."

Ob alle meine Schüler in den Kursen meine Erklärung verstanden haben glaube ich nicht, denn Qi Gong zu verstehen ist letztendlich immer nur der Weg über die eigene Erfahrung und durch regelmäßiges Training.

Aus der Mitte des Nichts ist alles entstanden.
Die Erde ist Teil des unendlichen Universums, dieses hat kein Anfang und kein Ende, somit gibt es auch keine festen äußeren Bezugspunkte. Alles im Universum ist deshalb in der Mitte.

Oliver Haag

AUCH STURM UND REGEN GEHÖREN ZUM LEBEN. DANACH FOLGEN DIE RUHE UND DAS WACHSTUM.

Weisheiten & Hypothesen
Oliver Haag

Ein außergewöhnliches Erlebnis in der Rehaklinik hatte ich an einem Herbstabend in meinem zweiten Jahr meiner Trainertätigkeit dort.

In der Nacht zuvor erschien mir wieder einmal Jack in einem Traum, um mich in eine mir bis dahin unbekannte Techniken einzuweisen. Die Techniken entstammten einer asiatischen Geheimkunst zur Wiederbelebung. Das System verwendet Klopf-, Druck- und Streichmassagen von Nervenpunkten, die eine spezifische Wirkung auf entsprechende Körperorgane und das Nervensystem haben. Die Techniken lösen zunächst einen Reiz aus, der sich dann in eine treibende Kraft umformt und entsprechende Vorgänge im Körper zur Beschleunigung oder Beruhigung auslöst.

Da ich mittlerweile gelernt hatte, dass die Traumbotschaften von Jack immer auch Hilfestellungen für kommende Ereignisse in meinem Leben waren, wusste ich auch nach dem Erwachen aus dem Traum, dass wieder ein spannendes Ereignis vor mir lag.

An dem besagten Abend erreichte ich die Klinik etwas später als sonst, da es während der Fahrt extrem heftig regnete und die Scheibenwischer, die Wassermassen auf der Frontscheibe meines Wagens nicht wirklich bewältigen konnten. Noah und seine Arche kamen mir in meinen Kopf und ich schipperte langsam mit meinem Wagen durch die Regenfluten. Glücklich angekommen zu sein parkte ich wie gewohnt auf dem Parkplatz vor der Klinik und sprang sogleich beherzt aus dem Wagen in den Regen hinaus, um im Eiltempo den Eingang der Klinik zu erreichen. Am Empfang holte ich mir dann wie üblich den Schlüssel für die Sporthalle und ging dann in die untere Ebene der Klinik, wo die Patienten schon vor dem Eingang der Sporthalle auf mich warteten. „Sorry Leute, aber die Sintflut ist ausgebrochen und meine Arche war nur schwerlich und langsam durch die Fluten zu navigieren", entschuldigte ich meine fünf minütige Verspätung und wir begannen alle lachend mit dem Qi Gong Training.

DAS LEBEN
IST EINE GEMEINSAME
REISE,
DARAN SOLLTEN
WIR
DENKEN.

Weisheiten & Hypothesen
Oliver Haag

An dem Abend waren ca. zwanzig Patienten gekommen, um an dem Training teilzunehmen. Meist war der Kurs gut besucht und wurde als willkommenes Angebot, zu den anderen Therapieangeboten, zur Entspannung wahrgenommen. Nach ungefähr einer halben Stunde Training betrat eine junge, etwa zwanzigjährige Frau die Sporthalle, sie war leichenblass und rang angsterfüllt nach Atem. In ihren Augen war deutlich zu sehen, sie hatte Angst, Todesangst. Kaum drei Schritte in die Halle gemacht fiel sie krachend und ungebremst auf den Boden. Für eine Sekunde standen wir alle wie paralysiert und geschockt und starrten auf den leblosen Körper am Boden. Danach ging alles ganz schnell, Notruf telefonisch auf dem Haustelefon in der Halle abgesetzt und nach Kontrolle der Lebenszeichen der Frau, mit

Herzdruckmassage und Beatmung begonnen. Glücklicherweise war ein ausgebildeter Krankenpfleger unter den Patienten, der mich bei den Wiederbelebungsmaßnahmen bis zum Eintreffen des Rettungsteams unterstützen konnte. Das Rettungsteam übernahm und es begann ein langer Kampf, um die leblose Frau wieder ins Leben zu rufen. Spritzen, Infusionen, Beatmung, Herzdruckmassage und Defibrillator. Das Rettungsteam versuchte alles, doch nach einer Dreiviertelstunde brachen sie die Maßnahmen ab. „Wir haben den Kampf verloren, sie kommt nicht wieder zurück", gab einer der Rettungskräfte zu verstehen.

Teilweise weinend und kopfschüttelnd verließen einige der noch anwesenden Patienten die Halle. Auch ich war zu tiefst betroffen und den Tränen nahe. Doch dann schoss mir plötzlich wie ein Blitz der Traum der vorherigen Nacht in den Kopf. Ich besann mich auf die Techniken, die Jack mir im Traum vermittelt hatte. „Lassen sie mich bitte noch einen Versuch unternehmen", sagte ich in Richtung des Rettungsteams und trat schnell an die leblose Frau heran. Alle Beteiligten schauten mich mit großen Augen fragend an, aber keiner brachte einen Kommentar zur Erwiderung heraus.

Ich kniete mich an ihr Fußende und zog ihr rasch Schuhe und Strümpfe aus, dann ergriff ich jeweils ihre großen Fußzehen und zog diese in Richtung ihres Kopfes nach oben. Jetzt begann ich abwechselnd kräftig und in normalem Atemtempo mit der flachen Hand, abwechselnd auf ihre Fußsohlen, jeweils dort in

Verbindung mit dem Ziehen der großen Fußzehe in Richtung Kopf, zu schlagen. „Machen sie bitte nochmal weiter mit Herzdruckmassage und Beatmung", gab ich als Befehl dem Rettungsteam zu verstehen. Nach ca. zwei Minuten schrie einer der Rettungskräfte, der die Beatmung übernommen hatte: „Wir haben sie, sie lebt!". Mit jedem Schlag hatte ich der leblosen Frau zusätzlich Energie aus meiner Mitte in ihren Körper gegeben. Die in der Halle noch verbliebenen Patienten fielen sich in die Arme und ich verließ schweigend den Ort des Geschehens. Ich wusste, dass Jack die ganze Zeit bei mir war und mich in meinem Tun unterstützt hatte. Das musste ich natürlich für mich behalten, aber was einzig und allein zählte war, dass sie lebte.

Zwei Tage später meldete sich eine Frau auf meinem Mobiltelefon und bedankte sich dafür, dass ich ihr das Leben gerettet habe. Diesen Dank gab ich natürlich an Jack weiter, der darauf nur mit einem verschmitzten Lächeln reagierte.

Die Klinikleitung bedankte sich auch bei mir für mein beherztes Eingreifen und ich erfuhr, dass die junge Frau ein Herzleiden hat.

Eine Woche später stand Melanie vor mir in der Sporthalle der Klinik und umarmte mich. Nach der Trainingsstunde saßen wir dann noch ein paar Stunden zusammen und sie erzählte mir von ihrem Leben und ihrem Herzleiden. Ich zeigte ihr zum Abschluss noch das "*Herz-Mudra*", dass sie täglich zwei- bis dreimal täglich ausführen sollte, um ihr Herz zu kräftigen.

„Lege die Fingerspitzen der Zeigefinger an die Innenseiten deiner Daumenballen, dann berühre mit den

Kuppen deiner Mittel- und Ringfinger die Daumenkuppen. Zuletzt spreizt Du noch deine kleinen Finger etwas ab", so beschrieb ich ihr die Haltung ihrer Finger für das Herz-Mudra.

DIE LIEBE
WIRD SIEGEN
EINES TAGES
ÜBER DIE
GIER.

Weisheiten & Hypothesen
Oliver Haag

Seit dem besuchte mich Melanie regelmäßig und Maria und ich haben sie fast wie ein eigenes Kind ins Herz geschlossen. Es entstand ein inniges Verhältnis zwischen uns Dreien und wir verbrachten immer wieder viele schöne gemeinsame Stunden, wenn wir uns für ein Wochenende lang sahen. Mittlerweile ist Melanie Fitnesstrainerin und erfreut sich bester Gesundheit.
Auch für Melanie war der Schlüssel für ihre positive Entwicklung das Finden ihrer Mitte und diesen Zustand bzw. Standpunkt in ihr Leben zu integrieren.
Das Leben ist geprägt von Polaritäten, die jeweils ihre Gegenkraft haben. Verschiebt sich etwas zu sehr in eine

polare Richtung entsteht ein Ungleichgewicht, dass sich auf körperlicher Ebene als Symptom oder gar Krankheit ausdrückt. Die Mitte hat keine Polarität, beinhaltet aber beide polaren Kräfte in gleichem Maße und die Mitte ist in der neutralen 'Super-Position', von der aus in allen Richtungen gehandelt werden kann.

LIEBE

IST DIE

UNIVERSELLE

MACHT.

Weisheiten & Hypothesen
Oliver Haag

Die große Prüfung

„Viele Prüfungen hast Du schon bestanden und alle bestens gemeistert. Aber daran hatte ich sowieso nie einen Zweifel, denn Du hast die Gabe der Geduld und Beharrlichkeit. Auch die große Prüfung wirst Du bestehen und ich habe dann mein Ziel erreicht, dass Wissen um die Lebensenergie an einen geeigneten Schüler weitergegeben zu haben", so waren die Worte von Jack vor meiner Abreise nach Schweden. Die nächsten vier Wochen sollte ich auf der Insel Gotland verbringen, um dort mit anderen Schülern anderer Meister zu trainieren und zum gemeinsamen Erfahrungsaustausch. Jack hatte das mit seinen befreundeten Energie Meistern, die auf der ganzen Welt verstreut waren, organisiert. Alle schickten ihre auserwählten Schüler dort hin, in ein abgelegenes Kloster im Norden der Insel auf einer höhergelegenen Felsformation der Steilküste am Meer. Was Jack mit großer Prüfung gemeint hatte, war mir unklar und es war auch besser, dass ich nicht wusste was mich als Prüfung erwartete. Auch er selbst wisse nicht, welche Prüfung das sein wird. „Die Prüfung wird von der großen Kraft geschickt, die das ganze Universum antreibt". „Ja wieder mal in Rätseln gesprochen" dachte ich mir, aber mein Vertrauen in Jack war auch diesmal stark und ich machte mir keine weiteren Gedanken darüber.
Voller Vorfreude bestieg ich den Flieger in Frankfurt, der mich nach Göteborg bringen sollte. Auf dem relativ kurzen Flug schlief ich ein und Jack erschien mir, wie auch schon viele Male zuvor im Traum. Er war eingehüllt

in weißes Licht, sehr hell aber es blendete nicht, es war angenehm und hatte eine gewisse Anziehungskraft. Er sagte nichts, aber trotzdem verstand ich ihn. „Wenn Du denkst, dass Deine Zeit noch nicht gekommen ist, kannst Du mit Deinen Fähigkeiten das ewige Licht wieder verlassen. Lenke all Deine Energie auf das was Du am meisten liebst und stelle es Dir im inneren Deines Herzens vor, dann kannst Du das ewige Licht wieder verlassen".

„Wir befinden uns jetzt im Landeanflug auf Göteborg", mit diesen Worten des Kapitäns wachte ich aus meinem Traum wieder auf.

DER SINN DES LEBENS IST NICHT NACH DEM SINN ZU SUCHEN.

Weisheiten & Hypothesen
Oliver Haag

Am Flughafen wurde ich von einem älteren Herren abgeholt, der mit einem Schild mit meinem Namen darauf schon am Ausgang auf mich wartete. Er brachte mich zu seinem Volvo und wir fuhren Richtung Fähre, die mich nach Gotland bringen sollte. Auf der Fähre spürte ich schnell, dass noch weitere Meisterschüler mit an Bord waren. Mein Gespür und Instinkt waren mittlerweile so ausgeprägt, dass ich das energetisch spüren konnte. Besonders viel mir ein Mann auf, den ich später noch kennenlernen durfte und der bis heute ein guter Freund geblieben ist. Er hieß Andrew und er kam aus London. Wir hatten uns zwar zuvor nie gesehen, gingen aber beide aufeinander zu, auch er schien auf mich aufmerksam geworden zu sein. Mit einem "Hi" und einer kurzen gegenseitigen Vorstellung begrüßten wir uns. Beim kurzen Händedruck war uns beiden klar, dass wir nicht zufällig aufeinander getroffen waren und das wir wohl einen gemeinsamen Weg als Meisterschüler gehen würden. Andrew erzählte mir von seiner Familie, er hatte eine Frau und zwei erwachsene Söhne, er selbst war hauptberuflich als Lehrer tätig, aber in der letzten Zeit ein vielgefragter Qi Gong- und Tai Chi Trainer in seiner Heimatstadt London. Sein Meister war der auch mir, durch Internet und Foren, bekannte Juri Meisner. Ein absolut außergewöhnlicher Mann hinsichtlich seiner Fähigkeiten mit der Energie zu arbeiten. Wenn Andrew von ihm redete, sah man förmlich die Energie aus seinen Augen blitzen, er schien ihn wohl auch sehr zu verehren und er sprach in großer Dankbarkeit über ihn, dass Juri ihn auf den richtigen Weg geführt hätte und das er ihm die Entwicklung seines Potenzials zu verdanken habe.

"Von Andrew kannst Du sicher noch einiges lernen", dachte ich mir und mit Jack ging es mir ja eigentlich genauso wie Andrew mit Juri.

Die Fahrt mit dem Boot nach Gotland war durch die Unterhaltung mit Andrew sehr unterhaltsam und wir lachten viel, besonders bei dem Thema der Sinn des Lebens und warum sind wir alle hier. Beide waren wir der Meinung, dass wir uns nur als Spieler in der Matrix befinden und unser höheres Selbst auf uns schaut und uns spielen lässt. Wir nehmen uns alle viel zu wichtig und vergessen oft uns mit uns selbst zu verbinden und somit auch mit der Urenergie, die alles miteinander verbindet, zu verbinden.

Bei Sonnenuntergang erreichten wir die Insel, von weitem thronte das Kloster auf einem Felsen in der Ferne. Irgendwie schien es einen rötlichen Schatten über die ganze Insel zu werfen, zumindest kam es mir bei dem Blick in die Ferne so vor. Mit einem alten VW-Bus wurden wir alle zum Kloster gebracht, welches für die nächsten Wochen unser zu Hause sein sollte.

Während der kurzen Fahrt zum Kloster brach ein heftiges Gewitter auf. Die Luft war erfüllt von der elektrischen Spannung, die sich durch heftige Blitze aus dem Himmel entlud. Der Donner schien das Auto und alles was sich daran befand durchzuschütteln, so als sollten wir alle geweckt und begrüßt werden für die große Prüfung die uns alle erwarten sollte. Keiner sprach, alle waren ergriffen von der Energie und der vermeintlichen Willkommenszeremonie.

Eingebunden in die hohen Mauern aus meterdicken Steinblöcken erstrahlten die vier hohen runden

Klostertürme mit jedem Blitz in grellem Licht und die Glocken des noch höheren und sechseckig geformten Glockenturms spielten leise, angeregt durch die mächtigen Kräfte der Natur. Welch ein Empfang!

Vor dem mächtigen Holztor kam unser Wagen zum stehen, unser Fahrer signalisierte durch dreimaliges Hupen unsere Ankunft. Kurz darauf öffnete sich eine Seitentür rechts neben dem Haupttor und eine Frau mittleren Alters begrüßte uns auf englisch und begleitete uns über den großen Klosterhof. Eigentlich war es kein Begleiten, sondern eher ein Wettlauf, denn das Gewitter war noch in vollem Gange und der Himmel ergoss große Wassermengen über uns.

WISSEN KANN WAHRHEITEN SCHAFFEN, EBENSO ABER AUCH UNWAHRHEITEN.

Weisheiten & Hypothesen
Oliver Haag

Durchnässt und außer Atem erreichten wir das Hauptportal und betraten die große Eingangshalle. Cosima, die uns in Empfang genommen hatte übernahm auch an der Rezeption die Verteilung der Zimmerschlüssel und informierte uns über die allgemeinen Abläufe und Möglichkeiten im Klosterhotel, auch über die Bereiche die nur für die Mönche dort zugänglich waren. Andrew und ich bekamen durch Zufall Zimmer nebeneinander, oder sollte es etwa gar kein Zufall sein. Jedenfalls freuten wir uns beide darüber und suchten gemeinsam unsere Zimmer in dem riesigen Labyrinth aus Gängen und Türen. Angekommen vor unseren Zimmertüren verabschiedete ich mich kurz mit einem Klopfer auf Andrews Schulter, in einer halben Stunde sollten wir uns ja alle in der großen Bibliothek treffen, um offiziell vom Leiter des Trainingscamps gegrüßt zu werden.

Was das Zimmer betrifft, hätte ich eigentlich ein kleines dunkles, spärlich eingerichtetes Räumchen erwartet, aber ich wurde mehr als überrascht. Ein etwa 20 Quadratmeter großer heller Raum, eingerichtet mit antiken Holzmöbeln und einem großen Himmelbett. Das zugehörige Badezimmer war komplett ausgekleidet mit feinstem weißen Marmor und eine große Runde Wanne im Boden eingelassen und über drei Stufen begehbar. „Wow, hier lässt es sich aushalten!"

Die Bibliothek war beeindruckend, beeindruckend groß und der Geruch von altem Papier lag wie ein unsichtbarer und durchdringender Nebel in der Luft. Irgendwie schien es auch als würden sich alle Geschichten und Informationen der vielen tausend Bücher miteinander verbinden und den Raum mit diesen Energien erfüllen. Auf beiden Seiten des riesigen

Raumes führten Treppen auf fünf verschiedene Ebenen hinauf bis unterhalb der Holzbalkendecke, die zwischen den massiven Eichenbalken mit quadratischen Holzkassetten versehen war. Auf allen fünf Ebenen waren die langen Bücherregale gefüllt mit Büchern und Schriftrollen, die meist gesondert in Glasvitrinen gelagert waren. Welche alten Geheimnisse hier wohl schlummerten.

In der Mitte des Raumes stand ein großer massiver Holztisch mit ebenso massiven Stühlen aus Holz mit hohen verzierten Lehnen. Es waren 13 Stühle an der Zahl, einer davon glich eher einem Thron und jeder wusste, dass dieser Stuhl wohl für den Leiter des Trainingscamps vorbestimmt war.

„Kennst Du den Leiter?", fragte Andrew mich im Hinsetzen auf seinen Stuhl an meiner Seite.

„Nein, ich kenne ihn nicht, aber ich habe schon einiges von ihm gehört, er scheint über besondere Fähigkeiten zu verfügen und er ist weltweit unterwegs, um Menschen in die Macht zu bringen", erwiderte ich voller Spannung auf das was in den nächsten Wochen auf uns zu kommen würde.

Nachdem alle Meisterschüler ihren Platz am großen Tisch eingenommen hatten, verfiel die ganze Runde in ein reges Durcheinander. Die Meisterschüler, Männer und Frauen stellten sich einander vor, diese Energie erfüllte den Raum.

Nach etwa 10 Minuten betrat Albert Heiler die Bibliothek, alle verstummten sogleich. Jeder konnte sehen und fühlen, dass dieser noch recht jugendlich aussehende Mann eine besondere Ausstrahlung hatte. Alle Blicke folgten ihm auf seinem Weg zu seinem Platz am Tisch, die Runde war komplett. Bevor er sich hinsetzte sagte er: „Herzlich Willkommen!", dann hob er zuerst den ausgestreckten linken Arm seitlich an seinem Körper bis auf seine Kopfhöhe nach oben, die Handfläche parallel zum Boden zeigend. Ein kalter eisiger Luftstrom schien über unsere Köpfe hinwegzuziehen. Danach hob er den rechten Arm auf die gleiche Weise nach oben, allerdings Handfläche parallel zur Decke zeigend. Jetzt schien ein heißer Luftstrom über unsere Köpfe hinwegzuziehen. Nachdem der heiße Luftstrom meinen Kopf erreicht hatte, geschah etwas unglaubliches.

GEHE ZUERST AUF DIE SUCHE NACH DEINEM INNEREN LICHT. DU MUSST NICHT LANGE SUCHEN MÜSSEN, DANN LASS ES NACH AUSSEN SCHEINEN.

Weisheiten & Hypothesen
Oliver Haag

Ich war plötzlich nicht mehr in der Bibliothek und ich befand mich auf einem Hügel. Ich stand mit vielen anderen Männern und Frauen etwa 10 Meter vor drei großen Holzkreuzen an denen drei vor Schmerzen stöhnende Männer, durch kräftige Eisennägel angenagelt hingen. Blut tropfte aus ihren Wunden an Händen und Füssen, ihre Körper bäumten sich immer wieder auf, so als ob sie sich von den Kreuzen losreißen wollten, doch jedes Aufbäumen verursachte nur noch mehr unerträgliche Schmerzen und das Atmen viel ihnen zusehends schwerer. Etwa 10 römische Soldaten hielten uns, die Zuschauer dieses grausigen Schauspiels, mit Speeren und Schwertern auf Abstand zu den Kreuzen. Ich sprach, in einer mir unbekannten Sprache mit einer Frau neben mir, die zitternd meine Hand umklammerte. Ihre Schönheit war durch ihre Tränen und ihren Schmerz vergraben, sie war voller Leid, Wut und Trauer. Plötzlich tauchte, wie aus dem Nichts ein großer pechschwarzer Rabe am Himmel auf, seine Flügel schlugen kräftig und ein Windstoß fegte über den ganzen Hügel. Der Rabe landete auf dem Kreuz in der Mitte und er blickte auf den gekreuzigten Mann. Dieser hob sogleich seinen Kopf und blickte dem Raben tief in seine dunklen Augen, der Rabe erwiderte das dann nach ein paar Sekunden mit einem lauten Schrei und er pickte mit seinem spitzen Schnabel in den Arm des gekreuzigten. Dann erhob er sich wieder in die Lüfte mit kräftigen Flügelschlägen in den Himmel und verschwand im Nichts.

Jetzt sah ich einen Soldaten von hinten, der unmittelbar unter den Kreuzen scheinbar das Martyrium der drei

Männer an den Kreuzen überwachte. Plötzlich hörte ich diesen Soldaten schreien: „Lasst sie gehen, lasst sie gehen!" und er ging zu den am Kreuz hängenden Männern und stieß ihnen mit seinem Speer seitlich von unten in die Brust. Ein letztes Aufbäumen und weit aufgerissene Augen, dann die Erlösung von ihrem Leid. Die toten Körper wurden schlaff. Dann kniete der Soldat nieder vor jedem einzelnen Kreuz mit den schlaffen leblosen Körpern und er sagte jedes mal die Worte: „Seele vergib mir!" Jetzt ließen die anderen Soldaten uns gehen und wir konnten alle an die Kreuze zu den Toten gehen. Ich ging zu dem Soldaten der immer noch am Boden kniete und legte ihm meine Hand auf seine Schulter. Bei der Berührung zuckten unsere Körper, wie von einem Stromschlag getroffen. Er hob seinen Kopf und sah mich an. Ich blickte in die Augen eines Mannes, der seinen Seelenauftrag erfüllt hatte. Ich blickte in die Augen von Albert Heiler.

IN DIE WELT REINGEBOREN
MIT GEBRÜLL UND GESCHREI
SEINE STERNE AM HIMMEL
WAREN DABEI

SEIN AUFTRAG WAR LIEBE
FREIHEIT UND TOD
AUF IHN GEWARTET
HERZEN IN NOT

LIEBE BEKOMMEN
LIEBE GEGEBEN
VIELE GESICHTER
SO WAR SEIN LEBEN

ER WURDE VERRATEN
AUS GIER UM DAS GELD
VON FREUNDEN BETROGEN
DOCH ER WAR IHR HELD

AM ENDE DES LEBENS
NACH TAUSENDEN TODEN
AM KREUZ DANN GESTORBEN
DIE SEELEN SIND FREI

IN DIE WELT REINGEBOREN
MIT GEBRÜLL UND GESCHREI
AM KREUZ DANN GESTORBEN
DIE SEELEN SIND FREI

ICH BIN DER DER ICH BIN
ICH BIN DER DER ICH BIN
ICH BIN DER DER ICH BIN

Oliver Haag

ABSCHIED NEHMEN IST OFTMALS SCHWER UND DENNOCH GEHÖRT ES ZUM LEBEN DAZU. GENIEßE DEIN LEBEN MIT ALL SEINEN FACETTEN, DENN ES IST ENDLICH.

Weisheiten & Hypothesen
Oliver Haag

Danach kehrte ich wieder in die Realität zurück und befand mich wieder in der Bibliothek an dem großen runden Tisch. Albert Heiler begann zu erzählen von der Macht der Liebe.

Mit der Liebe des Herzens lassen sich Energien verstärken und lenken in dem Zustand des *„Wollens ohne zu wollen"*. Nicht der Verstand sollte führen, sondern das Gefühl. Wahres Bewusstsein kommt nicht vom Verstand, wahres Bewusstsein kommt über das Fühlen welches von der Seele geführt wird. Während Albert davon sprach, konnten wir alle Fühlen was er damit meinte, es war so als wäre der ganze Raum mit Liebe angefüllt, die uns durchdrang wie frisches fließendes Wasser in einem klaren Gebirgsbach.

„Ihr alle habt große Fähigkeiten mit der Energie zu arbeiten, jeder auf seine besondere Weise. Bindet die Liebe in all euer Tun mit ein und Ihr werdet die Meisterschaft erlangen. Ich bin nicht hier um Euch irgendwelche Techniken zu lehren, es ist allein Eure Kraft der Liebe die Ihr durch mich empfangt!", keiner sagte etwas zu diesen Worten von Albert Heiler, nein das war nicht nötig, alle konnten es spüren was er meinte. „Bevor ich Euch jetzt verlasse sage ich Euch, nutzt die Zeit hier zum Austausch, mich braucht Ihr nicht dafür. Ihr alle habt etwas in mir gesehen, jeder einzelne etwas anderes. Das was Ihr in mir gesehen habt wird Euch als Thema in Eurem Leben begleiten und darüber hinaus". Danach verschwand er wieder aus der Bibliothek und wir wussten, dass wir uns als Gruppe in den nächsten Wochen selbst überlassen waren und wir selbst die Zeit des Austauschs untereinander nutzen sollten.

DAS LEBEN SERVIERT UND MAN MUSS NEHMEN WAS MAN BEKOMMT, AUCH WENN MAN ES NICHT BESTELLT HAT.

Weisheiten & Hypothesen
Oliver Haag

Die nächsten fünf Tage verbrachte ich hauptsächlich mit Andrew, die anderen sahen wir meist nur zu den gemeinsamen Mahlzeiten im großen Speisesaal.

Wir tauschten all unser Wissen, welches uns unsere Meister in den letzten Jahren vermittelt hatten, miteinander aus. Das bedeutete täglich viele Stunden gemeinsames Qi Gong und Taji Training. Es waren sehr intensive Tage in denen wir auch körperlich an unsere Grenzen gingen.

Hohe Belastung ohne den Körper zu sehr anzuspannen, öffnen der Energiekreisläufe durch sinken lassen des Qi bis zum maximalen Zustand von Yin, dann kann das Yang im Körper aufsteigen.

Die polaren Kräfte von Yin und Yang zu beherrschen ist der Schlüssel für Energiearbeit. Geführt durch die

Vorstellungskraft des Geistes können dann mächtige Kräfte wirken, ohne wirkliche physische Kraft gebrauchen zu müssen. Der Meister von Andrew war diesbezüglich wohl der Größte auf diesem Gebiet. Davon durfte ich jetzt durch Andrew auch profitieren.

Nach diesen intensiven Tagen mit Andrew verbrachte ich jeden Tag mit anderen Schülern in der Gruppe. Jeder von Ihnen war auf seine Art besonders und zugleich waren wir doch alle im Grunde gleich. Das Interesse an der Arbeit mit der Lebensenergie verband uns alle miteinander und obwohl wir uns noch nicht lange kannten, verstanden wir uns oft auch ohne miteinander reden zu müssen. Es war manchmal eine telepathische Kommunikation die ganz intuitiv abzulaufen schien.

Um immer wieder auch in die Stille zu kommen und all die gemachten Eindrücke und Erfahrungen, nutzte ich Spaziergänge am nahegelegenen Strand.
Das Meer hatte schon in meiner Kindheit einen besonderen Reiz ausgeübt. Mit der Familie verbrachten wir meist einmal im Jahr unseren Urlaub im Süden an der Adria, oder an der Nordsee in den Niederlanden.
Die Energie des Meeres, so kraftvoll, dass faszinierte mich und es war als ob ich in einem Austausch mit dem Meer war. Es führte eine stille Konversation mit mir und das ist auch heute noch so, sobald ich mich am Meer befinde.
Bei einem meiner Spaziergänge hatte ich ein ganz besonderes Erlebnis. In Gedanken an die Erlebnisse des Tages hatte ich plötzlich Bilder vor mir, so als würde ich gerade einen Film sehen. Drei, in helles Licht gehüllte, Gestalten standen vor mir und ich fühlte unendlich große Liebe in mir und um mich herum, ich badete förmlich mit meinem ganzen Körper und allen Sinnen in diesem unbeschreiblich schönen Gefühl. Die Gestalten sprachen

nicht zu mir, dennoch kommunizierten sie mit mir. Die hellste und größte der drei Gestalten gab mir zu verstehen, dass ich irgendwann zu ihnen kommen werde und sie mich dann erwarten.

War es Jesus mit zwei seiner Weggefährten die mir ihre Aufwartung machten und wollten sie mir zeigen wie es sich in der Dimension der Seelen anfühlt? Wenn ja, dann wäre das ein Ort, wenn man das überhaupt so nennen kann, an dem man sich gerne aufhalten würde. Ich nenne es jetzt mal den Ort der unendlichen Liebe.

Nach diesem einzigartigen Erlebnis stellte ich mir die Frage warum mir diese Einblicke gegeben wurden. Sollte ich diese in die Welt zu den Menschen hinaustragen? Wenn ja, dann mache ich das jetzt hiermit! Viele können vielleicht damit nichts anfangen, oder wollen es auch gar nicht. Ich bin sehr dankbar für dieses unglaublich schöne Erlebnis und dieses einzigartig mächtige Gefühl von Liebe, welches ich während der Begegnung spüren durfte.

In der Nacht nach diesem Erlebnis erschien Jack wiedereinmal in meinem Traum. „Er war bei Dir und er wird es immer sein. Seine Seele ist ein Teil Deiner Seele und wie ein Vater, oder eine Mutter hält er schützend seine Hände über Dir!", sagte Jack in jener Nacht zu mir. Er selbst stand vor einer großen Eibe am Rande eines Flusses. Das Wasser des Flusses strahlte, als ob das ganze Flussbett beleuchtet wäre und die Sonne und der Mond waren gleichzeitig am blauen Himmel zu sehen. Jack hatte einen golden leuchtenden Ball in seinen Händen den er mir in meine legte. „Nimm diesen goldenen Ball der Energie und halte ihn stets fest in Dir, er gehört Dir, er hat schon immer Dir gehört!".

Wiedereinmal hatte Jack in Rätseln mit mir gesprochen, aber nach dem ich am nächsten Morgen aus dem Traum aufgewacht war, hatte ich ein großes Gefühl von

Dankbarkeit in mir und ich wusste, dass mir Jack in jener Nacht in diesem Traum eine wichtige Botschaft überbracht hatte. Der goldene Ball der Energie war eine zusätzliche Quelle, welche ich für die Zukunft tief in meinem Inneren tragen durfte.

ALLES WOVOR DU ANGST HAST WIRD STÄRKER. GEHE BESSER MIT HOFFNUNG, MUT UND ZUVERSICHT.

Weisheiten & Hypothesen
Oliver Haag

Bis zu diesem Zeitpunkt, war ich noch nicht in der nahegelegenen Stadt gewesen. Es war also höchste Zeit diese zu erkunden und mit Andrew zur Abwechslung mal das ein oder andere Bier zu trinken.

Also machten wir uns nach dem Abendessen auf den Weg, der uns durch ein kleines Waldstück bis zum stadteigenen Friedhof führte. Von Einheimischen erfuhren wir später, dass es auf dem Friedhof einige Gräber von alten Wikingerfürsten geben würde und diese vom ansässigen Heimatverein gepflegt würden. Vom Friedhof aus gelangten wir dann über eine schmale Straße zur Stadt. Die Stadt war umringt von einer guterhaltenen und hohen Steinmauer, dass großes Stadttor lud uns willkommen in die Stadt ein.

Wir schlenderten mitten durch die Stadt und genossen das besondere Flair in den alten Gassen. Hauptsächlich Einheimische und nur ein paar Touristen waren wie wir in den Gassen unterwegs die den herrlichen Sommerabend in der Stadt verbringen wollten. In einer kleinen Kneipe am Marktplatz kehrten wir ein und bestellten uns jeder ein großes dunkles Bier, welches uns unsere Tischnachbarn auf Nachfrage von uns empfahlen. Der große und kräftige Wirt, mit seinem zu einem Zopf geflochtenen roten Bart und glänzender Glatze, bediente uns persönlich. Er sah wahrhaftig aus wie ein Krieger aus alten Wikingerzeiten, die groben Falten in seinem Gesicht ließen auf ausreichend Lebenserfahrung schließen. Mit einem „Skol my friends!", stellte er uns zwei große Steinkrüge mit dem frischen dunklen Bier auf den Tisch. Andrew und ich ergriffen die Henkel der Steinkrüge und prosteten uns beim Anstoßen mit einem kräftigen „Skol!" zu. So verbrachten wir ein paar fröhliche und unterhaltsame Stunden in der kleinen urigen Kneipe. Schnell hatte uns eine Gruppe einheimischer Gäste an ihren großen runden Tisch gebeten und wir tauschten uns ausgelassen miteinander aus. Nachdem jeder von uns vier große Krüge gelehrt hatte verließen wir nach der Verabschiedung von unseren neuen Freunden, angeheitert die Kneipe. Die Kirchturmglocke schlug 11 mal und es war noch, wie zu dieser Jahreszeit in Schweden üblich, hell draußen. Die Mitternachtssonne stand am wolkenlosen blauen Himmel über der Stadt.

Wir überquerten gerade den großen Marktplatz, als plötzlich der Boden unter uns zu wackeln schien. Verwundert und fragend sahen wir uns an, blieben wir stehen und hielten kurz inne. Dann gingen wir ein paar Schritte weiter, bis der Boden unter unseren Füßen heftig bebte. So heftig, dass wir zu Boden fielen. Wir hörten laute Geräusche von zusammenstürzenden Gebäuden gemischt mit vielen angstvollen Schreien, die aus allen Richtungen zu kommen schienen. Der Marktplatz hüllte sich schnell ein in eine Hülle aus dichtem Staub, der das Sehen und besonders auch das Atmen erschwerte. Das Beben hatte nur ein paar Sekunden angedauert, dennoch schien es in diesen Augenblicken endlos. Ohne miteinander zu reden sprangen wir gleichzeitig auf und liefen zur Kneipe die wir nur kurz zuvor noch so ausgelassen verlassen hatten, zumindest was noch davon übrig war. Das Haus in der sich die alte Kneipe befand war zur Hälfte zusammengebrochen und in mitten der Trümmer lagen einige Tote und Schwerverletzte. Der große kräftige Wikinger stützte mit seiner Schulter und beiden Armen einen dicken alten Holzbalken, der noch einen Teil der verbliebenen Decke hielt. Andrew und ich sprangen in die Trümmer und zogen alle Personen aus dem Gefahrenbereich. Der Wikinger stöhnte laut unter der Last, die er mit fast unmenschlichen Kräften stemmte, um hoffentlich doch einige Menschenleben zu retten. Nachdem wir alle aus dem Gefahrenbereich gezogen hatten bäumte sich der Krieger in ihm mit einem lauten

Schrei auf und stieß den Balken von sich. Er rettete sich durch einen Sprung vor der herabfallenden Decke und sank dann völlig erschöpft nieder auf den in Blut und Staub getränkten Boden. Er sah uns an und wir spürten wie sein Herz sich mit unseren Herzen verband.

Es war plötzlich sehr still geworden und langsam begannen wir zu realisieren was in den letzten Minuten schreckliches passiert war. Der Staubnebel auf dem Marktplatz hatte sich wieder gelichtet und wir sahen, dass überall Menschen versuchten andere aus den Trümmern der umliegenden Häuser zu retten.

Obwohl ich wach und bei vollem Bewusstsein war, hörte ich die Stimme von Jack der zu mir sprach: „Geh zu den anderen, Deine Prüfung ist nah, ich werde bei Dir sein!"

Ich machte mich auf den Weg zum Kloster, Andrew blieb zurück, er kümmerte sich um den Wikinger der bewusstlos zusammengebrochen war.

Schnellen Schrittes hatte ich das Kloster nach wenigen Minuten erreicht. Es schien vom Erdbeben unversehrt zu sein, aber irgendetwas war nicht in Ordnung, dass spürte ich.

Ich betrat den Innenhof und wurde empfangen von einem Mann, den ich dort zuvor noch nicht gesehen hatte. „Wo sind die anderen, geht es Euch allen gut?", sprach ich ihn an. Seine dunklen Augen schienen mich mit seinem Blick zu durchdringen und er murmelte etwas als Antwort in einer Sprache die ich nicht verstand. Die Energie die von ihm und seinen Blicken ausging ließ mich erschauern und Gänsehaut breitete sich an meinem ganzen Körper aus. Ich war plötzlich wie gelähmt und konnte kein Körperteil mehr bewegen. Der fremde unbekannte Mann schlug mit einem dunklen Stab auf mich ein, ich war ihm völlig wehrlos ausgesetzt, was war da für ein böser Zauber am Werk.

Ich ging nach ein paar Schlägen zu Boden, meine Seele verließ meinen Körper und ich sah mich selbst tot vor den Füssen des Mannes liegen, der mich wohl erschlagen hatte. Dann sah ich das helle Licht und ich erinnerte mich an Jack und an alles was ich mit ihm erlebt hatte und was er mir beigebracht hatte. Danach sah ich Maria, sie war so wunderschön wie immer und sie streckte mir eine Hand entgegen. Ich sah in ihre Augen und ergriff ihre Hand, meine Seele verband sich wieder mit meinem Körper. Meine Liebe zu ihr war jetzt stärker als der Tod, meine Seele hatte sich entschieden.

Das Leben kehrte zurück in meinen Körper und ich rappelte mich langsam vom Boden wieder auf. Der böse Mann beobachtete meine Auferstehung mit verwunderten Augen, es schien ihm keine Freude zu bereiten. Er brüllte wütend in den Himmel: „Nicht schon wieder!". Diesmal verstand ich seine Worte, auch wenn ich die Sprache die er benutzte immer noch nicht kannte.

Intuitiv formte ich im Geiste den Goldenen Energieball, den Jack mir vor einiger Zeit gegeben hatte und warf ihn dem Bösen mitten auf die Brust. Er stöhnte auf und Funken sprühten beim Aufprall, er taumelte benommen und kraftlos zurück.

Sein Körper begann zu brennen, er stand plötzlich in hellen Flammen, es roch nach verbranntem Fleisch und ein stechender Schwefelgeruch lag schwer in der Luft. Nach kurzer Zeit zerfiel er zu Asche, die als einziges von ihm übrig blieb.

ES GIBT VIELE WEGE
SICH SEINER SEELE
BEWUSST ZU
MACHEN.
HAST DU DEN WEG
GEFUNDEN, DANN
KOMMST DU
ZUR QUELLE.

Weisheiten & Hypothesen
Oliver Haag

Meisterschaft

Der Spuk war vorbei, alle Freunde im Kloster eilten herbei. Sie berichteten, dass sie nach dem Beben plötzlich alle in eine tiefe körperliche Starre verfallen waren und gedanken- und bewegungslos waren. Mein Sieg über das Böse hatte sie alle wieder erweckt. Wir umarmten uns alle nacheinander und viele Tränen der Freude und der Erlösung wurden vergossen. Ein unbeschreibliches Gefühl von Liebe und Freiheit breitete sich ich unseren Herzen aus.

Liebe und Freiheit im Herzen, ist es nicht das wonach wir alle streben, hat uns das unser Schöpfer zur Aufgabe gemacht? Ein jeder Einzelner, wir Alle haben die Wahl, wir können uns entscheiden was wir in uns nähren, das Gute oder das Böse.

Danach liefen wir alle gemeinsam zur Stadt und halfen den vielen Verletzten, die beim Erdbeben zu schaden gekommen waren. Einige Seelen hatten ihre Körper verlassen, sie wurden von den Zurückgebliebenen schmerzlich betrauert.

ALLES LEBEN IST EIN
WUNDER, WEIL ES
ENTSTEHT (NEUTRALE ENERGIE).
MANCHMAL BRINGT ES
LICHT,
ABER MANCHMAL AUCH
SCHATTEN HERVOR.
DAS IST DIE SCHÖPFUNG UND
SCHÖPFUNG IST
EINE ENTSCHEIDUNG (POLARE
ENERGIE).

Weisheiten & Hypothesen
Oliver Haag

Es war eine sehr schmerzliche Erfahrung für uns alle soviel Leid zu sehen, dennoch war es auch ein gutes Gefühl unsere Fähigkeiten einzusetzen und Menschen in ihrer Not zu helfen. Die Dankbarkeit in den Augen der vielen Opfer die wir betreuten und unterstützten war der reiche Lohn den wir ernteten.

Zwei Wochen nach dem Beben verabschiedeten wir uns alle von der Insel und unserer Herberge. Das Kloster war für uns in den letzten Wochen zu unserem zu Hause geworden, dort waren wir uns auf eine ganz intensive Weise begegnet. Der Austausch untereinander hatte uns sehr bereichert und irgendwie jedem das gegeben was ihm jeweils noch in seiner Entwicklung gefehlt hatte. Wir waren energetisch in diesen Wochen im Kloster zusammengewachsen und konnten uns auf einer Ebene austauschen, die jenseits der herkömmlichen Kommunikation stattfand.

Wieder zu Hause genoss ich das was mir in den letzten Wochen fehlte, die Nähe zu Maria. In ihrer Nähe fühlte ich immer dieses wundervolle Gefühl von tiefster Geborgenheit und Liebe. Ihr wunderbarer Körper zog mich immer wieder magisch an und es war fantastisch sie wieder spüren zu können. Mein Wunsch war es solange wie möglich mit ihr das Leben zu genießen und uns gegenseitig mit unserer Liebe zueinander energetisch zu bereichern und zu unterstützen. Das gelang uns immer wieder sehr gut.

HINTER EINER SCHEIBE HAT DIE SONNE NICHT IHRE GANZE KRAFT. ÖFFNE DEIN FENSTER.

Weisheiten & Hypothesen
Oliver Haag

Das Wiedersehen mit Jack war auch besonders. Natürlich wusste er schon was auf der Insel alles vorgefallen war, er war ja im Austausch mit den anderen Qi Gong Meistern, die ihre Schüler auch dorthin entsandt hatten.

„Ich bin froh, dass Du Deine große Prüfung bestanden hast und das Du damit auch das Böse bezwingen konntest. Nur Du konntest das tun, Du warst der Auserwählte. Deine Seele hat schon vor langer Zeit entschieden, dass genau das ihre Aufgabe ist. Der Schöpfer hat Dir diese Aufgabe angeboten und Du hast sie angenommen in dem Du Dich für das Gute und die Energie der Liebe entschieden hast!" Die Worte von Jack machten mich sprachlos, aber tief in mir spürte ich das er Recht hatte, ja eigentlich habe ich das schon seit einiger Zeit gewusst was meine Aufgabe ist.

Alle Seelen haben Aufgaben wenn sie sich entscheiden in einen Körper zu gehen und mit ihm auf der Erde zu wandeln. Sie kommen aus einer anderen, parallelen Dimension, um hier auf Erden Erfahrungen zu machen.

Sie wollen durch ihre Erfahrungen hier wachsen und werden immer wieder vor die Entscheidung gestellt sich zu entscheiden, zu entscheiden für das Gute, oder das Böse. Deshalb sind wir alle hier in der Dimension der Matrix, in einen Körper aus Fleisch und Blut gebettet.

GUT ODER BÖSE,
WIR HABEN DIE WAHL, DESHALB SIND WIR HIER.
DIE WAHLMÖGLICHKEITEN SIND DAS SPIEL ZUR ENTWICKLUNG DER SEELEN.

Weisheiten & Hypothesen
Oliver Haag

„Es ist an der Zeit, dass Du Deinen Weg jetzt alleine weitergehst. Ich habe Dir alles was Du brauchtest gegeben. Du warst ein guter und sehr gelehriger Schüler, auch Du wirst irgendwann Deinen Schüler finden. Ich werde stets bei Dir sein, vergiss das bitte nie! Aber darüber mache ich mir keine Sorgen, denn ich bin ein Teil von Dir, so wie Du auch ein Teil von mir bist. Und in der Matrix sehen wir uns ja sowieso, ich habe ja noch nicht nicht vor diese zu verlassen!", am Ende seiner Ausführungen zwinkerte Jack mir mit einem Lächeln zu.

War ich jetzt auch ein Meister und was genau bedeutet es die Meisterschaft erlangt zu haben?

Waren es die Fähigkeiten die ich erlernt hatte in den letzten Jahren, die mich zum Meister machen, oder war

das Bestehen der großen Prüfung der Beweis zur Meisterschaft?
Es dauerte ein paar Jahre, bis ich mir diese Fragen beantworten konnte.

Die wahre Meisterschaft ist das Leben an sich. Es zu leben mit dem Bewusstsein, dass Körper, Geist und Seele untrennbar miteinander verbunden sind solange wir auf der Erde wandeln. Die Seele hat eine Aufgabe die sie sich ausgesucht hat und zu ihrer Entwicklung braucht. Sie ist auch der Wächter über den Körper und den Geist.
Mit diesem Bewusstsein und der Verbindung zu der Dimension außerhalb der Matrix das Leben mit all seinen Facetten anzunehmen und zu genießen, dass ist die wahre Meisterschaft!

ALLE SEELEN MÜNDEN IN DEN SCHOSS DER EINEN GROSSEN SEELE

Weisheiten & Hypothesen
Oliver Haag

Danke

An dieser Stelle danke ich allen Erfahrungen und allen Begegnungen in meinem Leben, all den Menschen die Teil davon waren, alle miteinander waren sie gute Lehrer.

Vielleicht kann dieses Buch andere inspirieren die eigene und persönliche Definition vom Sinn des Lebens für sich zu finden. Möglicherweise begegnet Euch euer Jack in Eurem Leben, Ihr müsst es allerdings auch zulassen.

Letzten Endes ist dieses Buch nur ein kleiner Roman mit einer fiktiven Geschichte, Weisheiten und Hypothesen aus einer anderen Dimension...

Oliver Haag, Juli 2021

Ich hoffe, dass die Leser*innen mir die evtl. vorhandenen Fehler (Rechtschreibung, Grammatik, Gestaltung usw.) in diesem Buch verzeihen.

EIN GUTER LEHRER KANN DIR VERSCHIEDENE WEGE ZEIGEN. DEINEN EIGENEN WEG MUSST DU ALLEINE FINDEN.

Weisheiten & Hypothesen
Oliver Haag

INNERER FRIEDEN, SANFT UND DOCH SO MÄCHTIG.

Weisheiten & Hypothesen
Oliver Haag

VIEL PASSIERT.
MAN NENNT ES
LEBEN.
GENIESSE
DEINEN
WEG.

Weisheiten & Hypothesen
Oliver Haag

Kontakt und Infos

Oliver Haag

E-Mail:
o.haag@gmx.net

Homepage:
www.chi-lebensenergie.de

Weitere Bücher des Autors:

Modernes Qi Gong

Hypothesen & Weisheiten

AUS DER MITTE HERAUS KANNST DU AM BESTEN HANDELN.

Weisheiten & Hypothesen
Oliver Haag

GEHE STETS MIT
OFFENEM HERZEN
VORAN UND
BENUTZE DIE
SCHÖPFERKRAFT
DES VERSTANDES,
DANN WIRST
DU AUCH
IN SCHWIERIGEN
ZEITEN
WEITERKOMMEN.

Weisheiten & Hypothesen
Oliver Haag